# Dog Ear

한숨

가원 지음

# 여는 글

Dog-Ear.

책을 읽는 방식엔 여러 가지가 있습니다. 좋아하는 문구에 줄을 그어둔다거나. 포스트잇 책갈피를 붙인다거나. 아무 흔적 없이 깔끔한 상태의 책을 유지한다거나. 우리는 꽤 다양한 방식으로 독서를 즐기죠.

그중에서 '도그-이어'란 책의 모퉁이를 접는 것을 뜻합니다. 책의 모서리를 접은 게, 강아지의 귀가 접힌 모습과 비슷하다는 의미로 나온 단어이죠. 여러분은 어떻게 책을 즐기시나요? 그게 무엇이 되었든 올바른 길일 것입니다. 독서에 틀린 방법이란 존재하지 않기 때문이죠. 이 책 또한 즐겁게, 본인의 방식으로 읽어주시길 바랍니다.

***

이건 내 일기장이다

읽는 비용을 따로 받진 않겠다

하지만 모서리를 접어서 읽었다는 표시를 해주길 바란다

# 목차



**12. 31**

시간은 빠르게 흐른다. 내가 붙잡고 싶어도 그 손길이
무색하리만큼 틈새로 새어 나간다. 벌써 일 년이 지났다.
1월 1일에 시작했던 이 다이어리의 마지막 페이지가 채워졌고,
내일은 새로운 종이를 꺼내 산뜻한 마음으로 글을 적어 내려갈
것이다. 이번에도 난 철없이 성장한다. 흔들리는 마음을 애써
묶어놓은 채 아무 일 없는 것처럼 살아간다.
이 공간에서만 솔직하게 살아가는 나는 다음으로 넘어간다.

이번에는 줄 노트에 담담하게 글을 써내려갈 것이다.
매번 다이어리의 초반에 격양되어 글을 쓰긴 했지만, 고등학교에
입학했고…. 내가 원하는 일은 더 이상 이뤄지기 힘든 일뿐이다.
내가 노력하면 변하겠지만, 학업도 바쁠 테니까 이번 연도는
평탄하게 지나가겠지. 이렇게 이번 연도를 마치며.

+ 내일 만나는 은원이의 약속이 기대된다. 빨리 자야겠다.

DATE [ 01.01 ] ⓞ̈

미쳤다.

"시영아. 나 너 좋아해."

풍선이 심장 대신 들어가 몸이 둥둥 떴다. 누가 건드리려고 하지 않아도 터지기 일보 직전이 된 심장은 그 상태를 유지했다. 숨을 들이마시지도 내쉬지도 못한 상태에서 들리는 심장 박동은 감당하기 어려웠다. 10초에 몇 번이나 뛴 건지 잘 모르겠다.

"넌 나 어떻게 생각해?"

이제는 숨을 뱉을 때가 왔다. 더 이상 참고 있으면 평생 대답 못할 것 같았다.

"난, 나, 나도 너 좋아해."

초라한 대답이었다. 용기 내서 말했을 텐데. 이렇게 빈약한 대답이어도 되는 걸까. 습관처럼 걱정이 앞섰다. 얼굴이 미친 듯이 붉어지는 나랑 비교하자면 은원이는 아주 차분했다. 속으로 몇 번이나 연습했을까. 결국에는 내가 고백하게 될 줄 알았는데.

"그럼 우리 사귀는 거지?"

얼굴에 속마음이 다 드러났는지 은원이는 재촉하듯 물었다. 난 아직도 이게 현실이 아닌 것 같은데. 은원이는 어느 정도 확신이 있던 걸까. 언제부터 좋아한 거지? 도무지 짐작이 안 갔다. 며칠 전까지만 해도 날 좋아하는 태도가 아니었는데. 설마….

"1월 1일이라고 장난치는 건 아니지?"

걔는 그 말에 고개를 푹 숙였다. 한숨을 내뱉는 것처럼 보이기도 했다. 정말인 건가? 순간이었지만 부끄러워한 게 너무 민망하고 쪽팔렸다. 볼이 화끈거려 손등으로 꾹꾹 누르며 정신을 집중했다. 지금 분위기가 망가지면 쟤를 평생 못 보게 될 것 같아서 애써 웃었다.

"깜박 속았네. 야, 장난을 무슨 진심처럼 해. 만우절도 아니고. 나도 그냥 한 번 받아준 거야. 알지?"

내가 생각해도 참 말도 안 되는 변명이었다. 크게 부풀었던 풍선은 결국 터졌고 남은 자리를 무늬만 비슷한 걸로 채우려고 하니까 어색한 티가 났다. 걔는 그제야 고개를 들었다. 아까 전까지만 해도 침착하고 평온한 얼굴이었는데, 지금은 그 무던함이 다 사라졌다.

"시영아. 진심이야. 나 진짜 너 좋아해."

눈물이 흐르진 않았다. 그 대신 딸꾹질이 튀어나왔다.

내 첫 번째 애인이 정해진 순간이다.

미쳤다.

디데이까지 입력하고 나니까 실감이 난다. 나 진짜 은원이랑 사귀는구나. ~~게다가 기념일이 1월 1일이다.~~ 하…. 어떡하면 좋지? 일단 비밀 연애가 좋다고 해서 알겠다고 대답했다. 그냥 싫다고 할 걸. 지금 온 세상에 '은원'이랑 내가 사귄다는 사실을 자랑하고 싶다. 친한 친구한테도 말하지 말자고 약속해서 상담받을 사람도 없고… ~~어쨌든~~ 너무 좋다. 다이어리의 첫 장을 이렇게 화려한 일로 채울 수 있다니. 진짜 대박이다. 입학식인 3월 2일 전까지 어떻게 시간을 보내면 알찬지 생각해봐야겠다.

FIN

"이 정도면 되겠지. 나중에 100일 때 같이 보면 재밌겠다."

펜을 내려놓자 나는 탁 소리가 기분 좋았다.

요즘 유행하는 다이어리 꾸미기에 비교하면 난 정말 요점 노트 같았다. 게다가 달필이 아니라서 초등학생이 쓰는 일기 같았다. 취소 선이 그어져 있고, 지웠던 흔적이 남아있는 종이를 빤히 보았다. 어떻게 하면 글을 더 잘 적을 수 있을까. 며칠 전 우연히 본 인기 동영상이 생각났다. 그 사람은 자신이 원하는 걸 전부 표현하기 위해 스티커나 메모지로 일기를 꾸미던데. 나도 그렇게 해볼까. 좀 어려워 보이지만 하다 보면 적응할 테고. 이대로라면 아끼는 마음이 없어서 금방 질릴 것 같다. 사랑 고백으로 시작한 다이어리가 작심삼일로 끝나는 꼴은 보기 싫다. 그래서 검색 사이트에 들어가 스티커와 마스킹 테이프를 찾았다. 인기 상품을 장바구니에 담고 있을 때, 전화가 울렸다.

[한은원]

누워있던 몸을 빠르게 일으켰다.
목을 여러 번 풀고 초록 버튼을 눌렀다.

"늦게 받았네. 혹시 자는 거 방해했어?"
"아니! 그냥 휴대폰이 멀리 있어서, 그래서 좀 늦었어."

몇 분 전부터 휴대전화만 쥐고 있었는데 전화가 오니까 당황해서 빠르게 받질 못했다는 말은 할 수 없었다. 연애 경험이 많은 누구와는 달리 난 처음이니까. 밀고 당기기 같은 건 잘 모르겠고, 내가 창피한 건 말하고 싶지 않았다.

"그래? 음…. 우리 내일 만나면 안 돼? 나 너랑 놀이동산 가고 싶어."
"내일?"

나도 모르게 높은 목소리로 물었다. 너무 갑작스러웠다. 첫 데이트가 영화도 아니고 놀이동산이라니.

"…너무 급했나."
"아, 아니야! 그냥 물어본 거야. 나도 내일 만나는 거 좋아."

전화기 너머로 안도의 한숨이 들렸다. 어떡하지.

밤 11시. 옷장을 열었다.

DATE [ 01.02 ]

첫 데이트는 성공적이었다. 우리는 놀이동산에 20번 넘게 와 본 사람처럼 능숙하게 돌아다녔다. 루트를 너무 잘 알고 있는 은원이가 약간 얄밉기도 했다. 놀이동산에서 알바 해본 적도 없는데 ~~놀이기구의 위치를 다 꿰고 있는 건~~…. 하…. 이런 생각이 들 때마다 기운이 빠진다. 난 은원이가 처음이지만 걔는 아니니까. 이럴 때 일수록 자신감을 가져야 할 텐데. 오늘 있었던 일을 다시 적으면서 내가 얼마나 잘했는지 생각해보자.

"은원아! 넌 무서운 거 잘 타?"

입장권을 손목에 감으며 물었다. 은원이는 최대치가 관람차였지? 오늘 좀 꾸미고 나오길 잘했다. 은원이도 옷을 잘 입고 나와서 서로 비교되지도 않았고, 무서운 건 안 탈 테니까 흐트러질 일도 없다. 어제 잠을 줄이고 옷을 1시간 동안 고르는 건 좋은 선택이었다. 뿌듯해하며 겉옷을 만지작거렸다. 게다가 둘 다 스프라이트 티를 안에 받쳐입어서 커플룩 같았다. 작위적으로 약속해서 입는 건 별로였지만 이런 우연은 기분 좋았다. 대답을 기다리며 어울리는 머리띠를 보고 있었다. 늑대랑 토끼가 나오는 어린이용 영화가 생각나서 자연스레 늑대 머리띠에 손이 갔는데, 의외의 대답이 나왔다.

"응, 잘 타. 너도 무서운 거 좋아하지?"

"어? 너 옛날엔 못 타지 않았어?"

내 물음에 걔는 살짝 웃었다.

"시간이 많이 지났잖아. 이젠 탈 수 있어."

난 놀란 표정으로 눈만 깜박였다. 물론 어린아이 때 못했던 걸 어른이 되어서 극복하는 건 흔한 일이었다. 하지만 잰 수준이 달랐다. 같이 다니던 아이들의 말에 따르면, 중학교 수학여행 때 무섭다는 이유 하나만으로 단 한 번도 놀이기구를 타지 않았다고 한다. 어떻게 사람이 하루 이틀 만에 변하지? 혹시 맞춰주려고 하는 건가?

"무리해서 타지 않아도 돼. 너도 놀러 온 거잖아. 네가 불편한 건 나도 싫어."

옆에 지나가던 사람들이 입을 조금 벌리며 지나가는 걸 봤다. 내가 생각해도 젊은 커플의 염장질 같긴 한데, 그래도 이런 건 확실히 말해야 한다. 나중에 힘들어하는 걸 보고 싶진 않았다. 같이 재밌게 놀고 싶어서 온 건데, 한 명만 남을 맞춰주기 위해 고생하는 건 아니지 않은가.

"응? 아니야. 나 정말 잘 타는데. 나중에 보고 놀랄걸?"

당근이 위에 붙어있는 토끼 머리띠를 고르더니 자기 머리에 끼웠다. 난 조금 의심스럽다는 표정과 말투로 말했다.

"…확실한 거 맞지? 중간에 힘들면 말해."

걱정 고맙다며 늑대 머리띠를 내 머리에 끼워줬다.

"어울린다. 계산하고 올게."

여유롭게 머리띠 2개를 들고 계산대로 갔다.

일수록 자신감을 가져야 할 텐데. 오늘 있었던 일을 다시 적으면서
내가 얼마나 잘했는지 생각해보자.
그 이후로는 아주 수월하게 흘러갔다. 치마를 입을지 말지 꽤
고민했는데, 겨울용 청바지를 입고 가길 잘했다. 옷 때문에 재밌게
놀지 못했으면 후회했을 것 같다. 무섭고 빠르다는 롤러코스터를
1시간 반 정도 기다릴 때도 서로 대화하느라 지루할 틈이 없었다.
그리고 눈치가 빨라서 내가 지쳐 보일 때쯤 티 안 나게 벤치에 앉게
했다. 배려심 넘치는 모습이 너무 좋았다. 나도 최대한 은원이를 위해
행동했는데 전해졌을지 모르겠다. 마지막 코스는 관람차였다.

"어? 파란색이네."

은원이가 제일 좋아하는 색이었다. 쟤를 7살 때부터 알고 있었고, 짝사랑한 지는 벌써 4년째다. 이런 거 맞추는 건 누워서 떡 먹기보다 쉽다.

"그러게. 내가 좋아하는 색인데. 좋네."

역시. 나만큼 쟤를 잘 아는 사람은 없을 거다. …어쩌면 본인보다도 더 잘 알고 있을지도. 그도 그럴 게 4년이었다. 4년. 내 친구는 4년 동안 애인이 5번 바뀌었는데 난 은원이만 쭉 바라보고 있었다. 지금껏 쌓아온 학창 시절에 쟤를 빼면 남는 게 없었다. 걔는 책상 위 거슬리는 물건 같은 게 아니었다.

커터칼로 길게 새겨둔 흔적도 아니었고, 더럽게 묻은 자국도 아니었다. 그냥 한은원이었다. 싫어하려고 하면 다가왔고 선을 넘어가려고 하면 벽을 치는 한은원. 내 마음속에서 걔는 무슨 수를 써도 사라지지 않았다. 대충 뭉친 덩어리가 아니라 형태를 제대로 갖춘 사랑이었다. 단점을 모르는 상태로 사귀려 하던 애들이랑은 달라도 한참 달랐다.

그래서 짝사랑하고 있으면서도 사귈 수 없을 거라고 확신했다. 걔는 날 친구 이상으로 보지 않으니까. 제일 친한 친구를 물으면 내 이름을 가장 먼저 말했다. 대답과 함께 날 보며 씩 웃는 걔를 마주하고 있으면 코끝이 찡해졌다. 눈치도 빠르면서 이 마음을 알아채 주지 않는다는 점이 진짜 재수 없고 미웠다. 그리고 옆에 애인을 낀 상태로 그 멘트를 하는 게 제일 최악이었다. '시영이는 정말 배려를 잘해준다니까.' 걔가 없을 때 전 애인들이 날 얼마나 괴롭혔는지. 하지만 욕을 들어도 어쩔 수 없었다. 난 걜 너무 좋아했으니까. 그래서 다음에 할 말도 알고 있었다.

'머리 조심하래.'

"머리 조심해. 시영아."

난 흐릿한 미소를 지으며 안내해 주시는 분의 말을 듣고 탑승했다. 관람차는 천천히 돌기 시작했다.

"그런데 오늘…. 별로였어?"

무릎에 팔꿈치를 두고 두 손을 깍지 쥔 채 은원이는 물었다.

"아, 아니! 좋았어."

"그렇지? 오늘따라 표정이 안 좋아서. 몸이 안 좋은가 싶었어. 기분이 상하는 일을 만들었나 싶고…."

절반쯤 올라왔을까? 사람들이 점점 작아지기 시작했다.

"아니야. 그런 거 아니니까 걱정하지 마."

은원이는 내 말이 끝나자마자 움찔거리며 몸을 다시 고쳐 앉았다.

"왜 거짓말 해."

딱 들켰다. 내가 걜 알고 지낸 시간만큼 걔도 나와 함께 했으니까. 이 정도 얄팍한 거짓말은 간파하는 게 당연했다.

"미안…. 솔직히 오늘 집중 못했어."

은원이의 눈이 커졌다.

"내가 너랑 사귈 자격이 되는지 생각하느라 정신이 다른 곳에 가있었어."

내 답이 다소 충격적이었던 걸까? 관람차가 꼭대기에 오르고 나서야 은원이는 입을 뗐다.

"시영아, 다시 한번 말하지만 난 네가 그냥 좋아.
자격 같은 건 없어."
"그런 거 다 허울 좋은 말이라는 거 알아. 난…."
"아니야. 시영아."

걔는 다급하게 말을 자르더니 마른세수했다. 알 없는 패션 안경을 벗곤, 몸을 뒤로했다. 지금 어떤 생각을 하고 있을까. 난 오늘 집을 나설 때부터 할 말을 추려두었는데. 아니라고 외친 다음 떠올릴 수 있는 근거 있는 말이 없었는지 어떤 소리도 새어 나오지 않았다. 관람차에서 정말 풍경만 보게 생겼다. 집에서 준비해온 말을 천천히 꺼냈다.

"은원아, 내가 고백하는 게 맞아. 다시. 나 너 좋아해."

오래된 커플이 아니었기에 이런 정적이 익숙하지 않았다. 내 말에 공감하지 못하는 걸까, 이상하게 들렸던 걸까. 자책을 반복하며 닿은 결론은 '역시 실수했구나.' 같이 앞서나간 판단이었다. 하지만 후회하진 않았다. 서로의 감정이 상하더라도 꼭 해야 하는 말이었다. 은원이의 고백을 지우고 그 위에 덧씌우는 내 말은 더 크지도 아름답지도 않았다. 그러나 느낌이 달랐다. 내 등 뒤로 노을이 지고 있었다. 오늘따라 빠르게 흐르던 시간이 그 대화에 묶여 빠져나가지 못하고 있었다. 이 말을 하기까지 엄청난 시뮬레이션을 했다. 어쩌면 4년 전부터 연습했던 말일지도 모른다. 상황이 될 때 언제든 말할 수 있도록. 치밀하게 세공된 대사였다. 물론 독특하고 새로운 문장은 아니었지만, 그렇기에 담을 수 있는 진실성이 있었다. 하지만 지금 은원이의 상태를 보니까 꺼내면 안 되는 말을 꺼낸 것 같긴 하다. 5분이 지났다. 곧 있으면 관람차는 땅에 닿을 것이다. 그동안 은원이는 자기 귀를 만지작거렸다. 아프지도 않나. 꾹꾹 접어 누르며 귀를 풀다가 시간이 1분 정도 남았을 때 말을 꺼냈다.

"시영아, 넌 우리가…. 아니야. 너도 이 말 하느라 힘들었지? 긴장이 느껴지네."

작게 웃곤 다시 등을 폈다. 은원이는 약간 안심하는 눈치였다. 첫 데이트부터 이런 말을 막 들을 거라고 예상 못했나 보다.

"하지만 누가 더 좋아한다거나, 먼저 좋아한 건 중요하지 않아. 알지?"

이어지는 은원이의 말엔 반박하지 않았다.
아니라고 말하면 이 관람차에 갇히게 될 것 같았다.

때쯤 티 안 나게 ... 앉게

했다. 배려심 넘치는 모습이 너무 좋았다. 나도 최대한 은원이를 위해 행동했는데 전해졌을지 모르겠다. 마지막 코스는 관람차였다. 사랑에는 무게가 있고, 은원이는 내가 자기를 얼마나 좋아하는지 모를 것이다. 4년 동안 지켜본 것도 모르겠지. 이런 멍청이가 따로 없다.

FIN

# 실수

DATE [ 02.04 ]

입학식까지 한참 남았다. 우리는 그동안 데이트를 밥 먹듯 했다.

레퍼토리는 비슷했지만 함께 있는 애가 은원이라서 즐거웠다.

"웅이는 뭐 먹고 싶어?"

"난 토마토. 셩이는?"

웅이. 셩이. 이런 애칭을 부르며 우리는 음식을 시켰다. 어제 같이 알아본 파스타 식당인데 꽤 맛있었다.

처음 놀이동산에서 밥을 먹을 땐 긴장돼서 코로 들어가는지 입으로 들어가는지도 몰랐는데. 시간이 지나면서 은원이와 있는 시간이 편안해졌다. 아직 손도 잡아보지 못한 사이었지만 스킨십은 연애에서 중요한 요소가 아니었다. 우리는 식당에서 나온 다음, 카페로 향했다.

"시영이 넌 어렸을 때부터 단 건 별로 안 좋아했었지?"

"아, 응."

"그럼 이거랑 저거 어때?"

“좋아. 이건 내가 계산할게.”

우리는 카페에서 시간을 죽이다가 영화를 보러 갔다. 유명한 작품들은 벌써 다 봐서 남은 건 B급 코미디 영화인 〈농구는 열정이다〉 밖에 없었다. 다 먹지 못할 것 같아서 팝콘은 시키지 않았다. 그 대신 큰 사이즈의 콜라를 시켜 나눠 마시기로 했다. 러닝타임이 1시간 반 정도 되는 영화라서 목이 마를 수도 있다는 게 은원이의 판단이었다.

“이제 들어가면 되겠다. 셩아, 뭐해?”
“아, 포스터 좀 보고 있었어.”

우리가 2주 전에 봤던 판타지 영화의 포스터였다. 보랏빛의 배경과 대조되는 분위기의 주인공이 거울 앞에 서 있었다. 이중인격자인 주인공은 분명 우리 또래라고 들었다. 제작 과정 영상을 보니, 주위가 완전히 초록색 벽으로 칠해져 있던데. 어떻게 그렇게 신이 들린 듯 이입했는지 궁금하다. 어쩜 저렇게 연기를 잘할까. 감탄하며 다시 한번 포스터에 눈길을 주었다. 그러자 은원이가 걸어와 내 시야를 막았다.

“다 끝나고 가져가자. 좀 있으면 시작할 것 같아.”

담백하게 말했지만, 표정은 그렇지 않았다. 조금 굳은 채로 날 바라보았다. 설마….

"지금 질투한 거야?"
대답이 없었다. 정곡을 찌른 건가? 단어를 고르고 있는 걸지도 모르겠다. 아직 영화가 시작하려면 5분 정도 남았으니까 괜찮다. 광고까지 계산하면 15분이다. 이 물음에 대한 답은 꼭 듣고 싶었다.

"응, 나 지금 질투하고 있어."

웃음이 절로 나왔다. 은원이가 질투라니 안 어울렸다.

"웅아, 이 사람은 연예인이잖아. 게다가 연기를 잘해서 좋아하는 거지 딱히 사귀고 싶다는 건 아니야."
"…알아. 하지만 만일이라는 게 있으니까. 약속해줘.
나중에 어떤 사람이 찾아 와도 눈 돌리지 않기로."
"당연하지."

새끼손가락을 건 다음 엄지를 꾹 찍었다. 간단한 약속이 끝나고 우리는 영화를 보러 들어갔다.

입학식까지 한참 남았다. [illegible]

레퍼토리는 비슷했지만 함께 있는 애가 은원이라서 즐거웠다.

재미없었다. 이렇게까지 재미없는 영화는 난생처음이었다. 사실 웅이가 영화를 예매할 때, 다른 걸 하는 게 어떻겠냐고 물었다. … 그러자고 할걸. 시간과 돈만 낭비했다. 그래도 후기가 좋았는데. ~~다 거짓말이었다. 댓글 아르바이트인가~~. 차라리 <거울 속 나>를 다시 보는 게 훨씬 나았을 것 같다.

FIN

나는 지관통에 들고 온 포스터를 넣었다. 〈거울 속 나〉는 오늘 본 영화와 달리 돈을 쏟아 부어 만든 작품이었다. 비교를 할 수 없었다. 억지로 대결 구도에 집어넣어도 대형견과 햄스터 같은 느낌이라 내가 다 머쓱해진다. 게다가 B급 코미디에 초짜 배우를 억지로 주연에 꽂아 넣어서 안 그래도 심각한 퀄리티의 영상에 발연기가 더해졌다. 얼굴은 반반한데 어쩌다 연기를 하게 된 건지…. 우리보다 한참 연상인 것 같은데 인생 참 험하게 산다 싶었다. 통의 뚜껑을 닫으며 원래 있던 자리에 두고 침대 위로 향했다. 그러자 휴대폰이 울렸다.

[웅이♡]

"도착했어?"

"응, 셩이도 도착했지?"
우리는 오늘 있었던 일에 관해 소소하게 이야기했다. 식당과 영화 후기를 남기고, 다음 데이트 일정을 정하면서 떠들다 보니 어느새 12시를 넘겼다.

"이제 자야겠다. 대화하다 보니까 너무 늦었네."
"그렇네. 벌써 12시구나."
잘 자라는 말도 없었고 전화도 끊어지지 않았다.

"시영아."
답을 원하고 부른 게 아닌 것 같아서 난 대답하지 않고 가만히 들었다. 소리 하나 없는 밤의 공기가 전화기 너머로 흘렀다. 이 시간에 휴대전화를 붙잡고 있는 건 이미 익숙했다. 배터리는 73퍼센트. 끊기는 일은 없겠지만 충전선을 연결해두었다. 나보다 낮은 목소리를 오래 듣고 있다 보면, 은원이의 표정이 궁금해진다. 전화로는 보이지 않는 걸 보고 싶다. 내 말에 곧게 펴진 미간이 좁혀지진 않았을까. 다리를 떨고 있진 않을까. 은원이도 나처럼 벽에 기대 다음에 나올 말을 기다리고 있을까.

"…잘 자."
생각보다 싱거운 대답이 나왔다. 이 말을 하려고 뜸을 들인 건 아닌 것 같은데. 추궁하기엔 너무 늦은 시간이었고, 괜히 긁어

부스럼을 만드는 것 같아 그만두었다. 나도 좋은 꿈 꾸라는 말을 하고 전화를 끊었다.

DATE [ 03.02 ]

새 교복은 불편하고 어색했다. 내가 벌써 고등학생이라니. 믿기지 않는다. 등굣길은 며칠 전 은원이와 함께 와본 적이 있어서 헷갈리지 않았다. 어색하게 교실에 들어갔는데, 반에 아는 애가 한 명도 없어서 당황했다. 우리 중학교랑 가장 가까운 고등학교인데…. ~~어떻게 한 명도 없을 수 있지?? 신이 날 버렸다.~~ 게다가 웅이와 나는 반이 갈렸다. 비밀 연애니까 상관없다는 생각? 해본 적 없다. [illegible] 어떻게 이럴 수 있지??? ~~진짜 화난다.~~ 다른 애들이랑 친해질 수 있을지에 대한 고민보다 지금 당장 웅이를 못 본다는 게 더 신경 쓰인다. 우리 학교 교복은 예쁘기로 유명하다. 즉, 그걸 입은 웅이는 빛이 날 것이다. 근데 그걸 곁에서 못 지켜본다고? 진짜 기절할 것 같다. 그리고… 지금까지는 내가 웅이에게 오는 러브레터나 고백을 차단해왔다. 그래서 웅이의 연애 경험은 10회 이상 넘어가지 않았다. 아슬아슬하게 8~9회로 남았다. 뭐, 초딩 때 사귄 것까지 포함하면 그런 건 훌쩍 초과하겠지만, 솔직히 그건 연애가 아니라고 생각한다. 어쨌든 내가 하고 싶은 말은, 지금 당장 비밀 연애를 그만두고 싶다는 거다. 커플링을 맞춰 당당하게 손가락에 끼고 싶었다. 하지만 웅이는 그런 걸 원치 않아 하는 눈치라서 쉽게 말을 못 꺼내겠다.

FIN

"미안, 나 1반의 시영이랑 사귀고 있어서."

우리 비밀 연애 아니었나…? 은원이가 다른 아이의 고백을 거절하면서 뱉은 말이 화제가 되어 도마 위에 올라왔다. 난 일부러 쉬는 시간에 찾아가는 일도 안 했는데. 물론 나야 좋았다. 전부터 공개 연애를 원했고, 언젠가 밝혀질 거 빨리 드러내는 편이 나을 것 같았다. 하지만 이렇게 나랑 상의도 없이 갑자기 밝힌다고?

물론 고백한 상대에게 거절 의사를 표명하는 방법 중에는 그게 최고지만 내 입장이라는 것도 있지 않은가. 아무리 은원이라고 해도 이건 좀 불쾌했다. 하지만 이 못마땅한 감각을 어떻게 전해야 할지 모르겠다. 다짜고짜 왜 그랬냐고 추궁하거나 짜증을 내면 싫어하지 않을까. 겁이 난다. 첫 연애가 은원이라서. 능숙함을 따라갈 수 없다는 게 힘들다. 난 한창 어렸을 때부터 도전을 싫어했다. 성공해서 얻는 보상은 내게 중요하지 않다. 실패로 인해 뒤따라오는 것들이 무서워서 승리의 대가는 바라지도 않는다. 그래서 연애도 내가 잘 할 수 있게 될 때까진 은원이의 말을 따르고 싶다. 내가 실수하는 경우가 아직 은원이보다 훨씬 많으니까. 괜히 둘의 연애에 자잘한 생채기를 만들고 싶지 않다. 우리의 관계는 아직 안정권에 있지 않기에 더욱 그랬다.

"시영아 같이 하교하자."

"잠깐 기다려줘."

가방을 쌌다. 우린 둘 다 야간 자율 학습을 신청하지 않았다. 그렇다고 학원에 다니는 것도 아니었고 예체능 계열이라 실기를 연습하는 것도 아니었다. 그냥 공부를 못하는 편이 아니라서 집에서 문제집만 풀면 어느 정도 점수를 받을 수 있기 때문이었다. 어차피 야간 자율 학습도 문제집 푸는 시간 아닌가? 똑같은 거 하는데 돈 내면서 굳이 학교에서 불편하게 하고 싶지 않았다. 그리고 난 개인 사정 때문에 신청할 수도 없었다. 하지만 오늘 같은 날은 신청하지 않은 걸 후회하게 된다. 버스를 타 제일 뒤쪽에 앉았다. 우리 둘 다 말이 없었다. 같이 있는 의미가 있나 싶었다. 벨이 몇 번 울리고 사람들이 타고 내리고를 반복했다. 제일 뒷자리에서 그 광경을 보고 있으니 무언가 뚝 끊기는 것 같았다. 걷다 보니 우리 집 앞이었다.

"오늘 고백받았다면서?"

사족을 붙이지 않고 직구로 던졌다. 이건 상처의 범주에 들어가는 내용이 아니었다. 사실을 확인할 뿐이었다.

"…들었나 보네. 시영아, 오해할 상황 아닌 거 알지? 그냥 깔끔하게 정리했어."

딱히 미안해 보이는 태도가 아니었다. 하지만 나도 넙죽거리는 은원이의 태도를 보고 싶어서 말한 건 아니라 별로

화나진 않았다. 다만 불편했다.

"알아. 오해 안 해. 네가 그 애한테 여지도 안 줬다는 거. 이미 다 들었어."

매몰차게 여자애를 찼다는 소문이 엄청나게 퍼져있었다. 공개 고백이었는데 따로 데려가서 거절한 것도 아니고 곧장 그 자리에서 냉철하게 굴었다고 하니…. 어쩐지 기분이 묘했다. 내가 몇 년 전에 고백했다면 저런 반응이었을까? 그랬다면 우리의 관계는 그때 끝이 나서 이렇게 함께 하교할 수도 없었겠지. 같이 있는 시간이 길어질수록 걱정이 하나씩 늘어난다. 가장 큰 고민은 오랫동안 사귀면 헤어질 때 다시 친구가 될 수 없다는 것이다. 안쪽에 위치하던 소중한 관계. 즉, 애인이 아니더라도 최고의 친구에 박혀 있던 내가 처음부터 없었던 것처럼 사라지는 게 무섭다. 애인이 되고 싶다는 생각은 계속했었다. 하지만 가끔 친구가 되어 남기를 원한 적도 있다. 그냥 은원이의 행복을 지켜보는 게 가장 좋은 선택인 건 아닐까. 어차피 헤어진다면 시작하지 말까. 두렵다는 감각이 머리를 잠식했었다.

친구. 단지 친구라면 평생 볼 수 있으니까. 내 욕심 때문에 다른 루트가 전부 막힌 건 아닐까 싶었다. 이 순간에도 난 은원이의 눈치를 보고 있다.

"그렇다니 다행이네."

내 예상은 틀리지 않았다. 분명 이런 걸 하나하나 신경 쓰면 질린다고 생각할 것이다. 말을 조심히 골랐다.
"근데 갑자기 이런 소식 듣는 거…. 솔직히 기분 나빴어."
　내 말에 은원이는 입을 살짝 벌렸다가 이내 꾹 다물었다. 결국 상처를 열었다. 첫 단추를 잘못 끼웠다가 전부 망쳐버릴 것 같아 그냥 넘길 수 없었다.

"미안해."
　사과가 돌아왔다. 침울한 표정마저 잘생기고 귀여웠지만, 지금은 그런 칭찬을 할 기분이 아니었다.

"내가 좀 더 생각했어야 하는데. 실수했네."
　부드럽게 들리는 짙은 목소리가 집 앞 오토바이가 지나가는 소음을 뚫고 내 귀 안에 들어왔다.

"오늘은 특별한 날이니까 더 신경 썼어야 하는데. 진짜 미안."
"특별하다니?"
"응, 오늘 4월 10일, 100일이잖아."

DATE [ 04.10 ]

내가 미쳤지!!!!! 디데이를 설정해놓고 알람을 안 켜두는 실수를 하다니!!!!!!!!!! 이때하면 좋아!!!!!!, 하, 그냥 그 때 아는 척하고 넘길 걸. 아니다…. 그럼 혼자 선물을 사 온 은원이가 뭐가 되겠어. 그냥 내가 ~~동신이지…~~.

FIN

"아, 까먹었어?"

까먹었다. 내 표정을 빠르게 읽어내더니 천천히 물었다.

"괜찮아. 그럴 수 있지. 내일 영어 듣기도 있고, 바쁘니까. 잊을 수도 있지."

비꼬는 행동은 하지 않았다. 정말 덤덤하게 괜찮다고 말해주고 있었다. 잠깐 뇌가 멈췄다. 이 상황에서 어떻게 행동해야 할지 정말 감이 안 잡혔다. 첫 번째 애인이랑 맞이하게 된 첫 번째 100일이었다. 내가 이걸 놓쳤다고? 별로 친하지도 않은 사촌의 생일까지 다 외우는 내가 이걸? 스스로가 한심하게 느껴졌다. 재는 지금 우리 집까지 데려다줬는데 사과까지 해야 하는 처지에 놓였다.

아니 벌써 했다.

"시영아 혹시 자책하고 있어?"

눈치도 빠르다.

"까먹을 수도 있지. 그것보다 중요한 건 네가 상처를 입었다는 거야. 100일? 1주년이 되면 별것도 아니라고 생각하게 될걸? 그러니까 못 알아차렸다고 너무 신경 쓰지 마. 그것보다 내가 네 동의도 구하지 않고 사귄다는 말을 한 게 더 중요하지. 정말 미안해."

말 참 예쁘게 한다. 은원이의 말에 감화되어 고개를 끄덕이려던 그 순간에, 반짝거리는 게 내 눈앞에 놓였다. 정확히는 작은 상자에 은색 반지가 꽂혀있었다.

"은원아, 이건…."
"이런 상황에 주려고 한 건 아닌데. 나랑 100일 동안 함께 해줘서 고마워."

DATE [ 04.11 ]

우리는 오늘부터 공개 연애를 하기로 했다. 왼손 검지에 자리 잡은 은색 반지가 그 증거였다. 아직 잡아보지도 못했는데 크기는 어떻게 안 건지 내 손에 딱 맞았다.

FIN

"진짜 은원이랑 사귀는 거야?"
"반지는 언제 산 거야? 지금까지 안 끼다가 낀 거야?"
"며칠이나 된 거야?"

질문 공세를 받았다. 내가 궁금하다기보단 '은원이의 여자친구'가 알고 싶은 모양이다. 지금까지 내가 왜 곁에 있었는데. 쉽게 방법을 알려줄 수 없었다. 아니, 애초에 은원이는 그런 수작으로 넘어가는 애가 아니다. 간단한 다이어그램으로 이루어진 애면 내가 이 고생을 안 했다. 차근차근 질문에 답을 했다. 괜히 적을 만들고 싶진 않아서 거만하게 보이지 않도록 애썼다. 내가 은원이에 비해 수수한 건 사실이니까. 다른 애들이 어떤 생각을 하는지 정도는 안다. 은원이가 아깝다거나 안 어울린다는 평이 압도적으로 많겠지. 그래도 마냥 기죽을 수 없다. 이제부터 소극적으로 구는 건 내 스타일이 아니다. 좀 더 당당히 살기로 했다.

은원이가 감기로 학교에 오지 않아 혼자서 하교하고 있었다. 친해진 같은 반 애들이 함께 하교하자고 말했지만 사실 난 홀로 길을 걷는 걸 좋아한다. 물론 은원이와 함께 있는 건 즐겁지만 가끔은 이런 날이 있어야 한다. 이런저런 생각을 하다가 불이 다 꺼진 건물 앞에 멈춰 섰다. 통유리에 비치는 내 모습을 보며 중얼거렸다.

"앞머리를 기를까…?"
"안 어울릴 것 같은데요?"

뒤에서 들려온 목소리는 환청이 아니었다. 내가 휙 뒤돌자 그 사람도 몸을 뺐다.

"네?"

내가 큰 목소리로 묻자 그 사람은 싱글벙글 웃으며 말했다.

"저기. 혹시 시간 있으신가요?"

성인이었다. 직장인처럼 보이는 차림에 나이 들어 보이는 헤어스타일이 눈에 들어왔다. 그리고 왠지 모르게 뭔가 눈에 익었다. 자연스레 빠져나갈 공기가 충격을 받아 기침처럼 튀어나왔고, 상체를 숙여 숨을 터트렸다. 상대가 괜찮은지 날 살피려고 해서 팔을 들어 사양한다는 제스처를 보여주고 천천히 몸을 일으켰다.

"…저 사귀는 사람이 있어서요."

천천히 말을 꺼내며 머리를 정리했다.
목소리가 가다듬어지지 않아서 끝이 갈라졌지만, 거짓말처럼 들리진 않았다. 이 정도면 상대를 훌륭하게 속일 수 있을 것 같았다.

"아, 그러시구나. 근데 그거 물어보려는 게 아니었는데."
"네?"
"혹시 교회 관심 있으세요?"

지금 당장 기억을 지울 수 있는 기계가 필요했다. 시뻘게지는 얼굴은 식지 않고 계속 달아올랐다.

"아. 교회요? 과, 관심 없어요. 그럼…. 수고하세요."

말을 더듬거리며 나는 뒷걸음질을 쳤다. 이렇게 쪽팔리는 일이 있을 수가.

DATE [ 04.12 ] 

인터넷에서나 볼만한 일이 내게 생기다니. 고백이라고 착각하다니. 수치스러웠다. 진짜 당당하게 살자고 마음먹자마자 이런 일이 생기냐…. 거짓말이라고 해줘!!!!! 제발!!! 하…. 이건 평생 감춰둬야 할 흑역사다.

FIN

집에 도착하자마자 세수부터 했다. 수도꼭지를 잠그고 거울을 보았다. 얼굴에서 물이 뚝뚝 떨어졌다. 일자로 잘린 앞머리는 젖어서 이마에 딱 붙어있고, 입술은 얼마 전에 물어뜯어서 상처가 나 있었다. 왜 착각한 거지? 나 진짜 최근에 자기애가 심해졌나? 자아가 비대해졌나? 이유가 무엇이든 방금 일어난 사건을 해결할 순 없었다. 깊은 탄식을 하고 화장실을 나왔다.

"정신 차리자. 반시영."

DATE [ 04.13 ]

그 교회남은 우리랑 동갑이었다.

FIN

“안녕, 나는 하건우야. 잘 부탁해.”

솔직히 말해서 나이가 있어 보이는 얼굴이었다. 엄청난 노인이라기보단…. 20대 초반의 성숙함이 있는 사람이었다. 그러니까 다시 말해서 내가 착각하기 충분했다. 게다가 키도 우리 또래보다 훨씬 컸고 정장을 입고 있었으니, 그때 그 대처는 당연했다. 그런데 이렇게 돌아올 줄은 몰랐다.

“그래서, 네 남친은 누구야?”

자기소개 후, 자리에 곧바로 앉지 않고 날 바라보았다. 턱을 괴고 있던 손이 자연스레 미끄러졌고, 눈은 나도 모르게 빠른 속도로 깜박였다. 은정이는 아는 사람이냐며 옆에서 소곤거렸으며, 단상에 있던 선생님도 왜 앉지 않냐고 걔를 재촉했다. 빠르게 머리를 굴렸다. 하지만 냉정하게 생각하지 않으면 안 된다는 마음과는 반대로 얼굴은 다시 그때처럼 화끈거렸다. 뜨거워지는 머리를 식히고 싶어서 손등을 볼에 가져다 대었다. 그러자 걔는 그런 질문을 한 적 없다는 듯 고갤 돌려 자리에 앉았다. 짝지에게 말을 걸며 웃는 모습을 보니 왠지 기분이 묘했다.

'뭐지…. 뭔가 익숙한데….“

어떠한 표현이나 규정을 할 수 없는 감각이었다. 그냥 왠지 모르게 싫은 느낌. 앞으로 엮이면 안 될 것 같다는 생각이 들었다. 이런 싸함은 대체로 맞았다. 그게 정답이 된 순간은 놀란 목소리가 복도를 채웠을 때다.

"아! 너 〈농구는 열정이다〉의 그, 그 사람 아니야?"

DATE [ 04.20 ] 

걔가 우리 반에 전학해 온 지 7일째 되는 날이다. 그리고 오늘, 우리 동아리에 들어왔다. 미~~칠 것 같~~아. 게다가 이번 연도 축제 영상의 주연을 정하는 자리에 그 애가 뽑혔다. 하…. 투표 결과에 번복은 없다고 했으니 바꿀 수도 없고…. 다들 연기력보다 얼굴이 중요하다고 생각하나 보다. ~~얼굴만 반반하면 된다 이거야?~~ 미쳤지. 제발 걔가 이번에도 연기를 못 했으면 좋겠다. 그럼 다시 주연을 바꿀 기회가 생길 텐데.

FIN

"네가 원하는 걸 모르겠는데."

내가 별로라고 말한 탓에 똑같은 컷을 6번째 찍고 있을 때 튀어나온 말이었다.

"난 네가 좀 더 상황에 집중해줬으면 좋겠어. 좋아하는 사람을 앞에 둔 애가 그렇게 딱딱하게 말하진 않잖아. 안 그래?"

DATE [ 04.25 ] 

촬영에 들어간 지 3일, ~~걔는 역시 연기를 더럽게 못 했다~~. 끈기도 없고, 찡찡이나 다름없다. 뭐…. 다른 애들보다 나았으니까 써먹곤 있지만, 마음에 안 든다.

FIN

"하…."

걔는 한숨을 길게 내쉬었다. 난 약간 움찔했다. 성격상 손이 올라가진 않을 것 같은데, 욕이라도 하려나. 차라리 욕하고 다른 애로 교체되는 게 낫겠다. 어디 한 번 욕 해봐라. 난 들을 준비를 끝내고 멀뚱멀뚱 걔를 쳐다보았다.

"그럼 보여주던가. 난 잘 못 하니까. 감독인 네가 시범을 보여주면 따라 할게."

"뭐?"

그렇게 난 카메라 안으로 들어오게 되었다. 내 맞은편에는 감정이입용으로 필요하지 않겠냐며 다른 애들이 세워 둔 하건우가 있었다. 이걸 하라고? 물론 내가 쓴 각본이다 보니까 곧바로 입 밖으로 뱉을 순 있었다. 하지만 연습이라고 해도 걔 앞에선 하기 싫었다. 하지만….

"시영이 연기 실력은 처음 보는 것 같은데?"
"잘하니까 지금까지 깐깐하게 군 거겠지. 아니면 조금 짜증 날 것 같아."

여기저기 비웃는 소리가 들리니 의욕이 생길 수밖에.

"야. 거기. 집중해."

난 뒤에서 떠드는 애들을 바라보며 소리를 질렀고 다시 얼굴을 돌려 걔를 바라보았다. 카메라 앵글에 잡히지 않으니까 제멋대로 능글맞은 미소를 짓고 있었다. 거기선 좀 더 떨리는 표정을 지어야지. 멍청아.

"…네가 날 믿어줬으면 좋겠어. 내 말은 듣지 않고, 남의 말만 듣는 건. 그런 건…."

조심스레 운을 뗐다. 난 조금 거친 목소리라 들을 때 깔끔한 느낌이 없었다. 그리고 카메라에 담기는 게 익숙하지 않아서 어떤 각도가 가장 적절하게 잡히는지도 몰랐다. 하지만 그런 건 상관없었다. 잘난 누구랑은 다르게 연기에는 자신이 있었다.

"그런 건 내가 사랑하는 네가 아니야."

이제 다음 컷으로 넘어가야 해서 내 연기는 거기서 끝이었다. 살짝 감았던 눈을 떴다. 그러자 그곳에는 얼빠진 표정을 한 걔가 있었다. 다들 인정해 준 건지 잘한다는 칭찬을 몇 번 들었다. 다행히도 여주인공을 바꿔야 하는 거 아니냐는 말은 나오지 않았다. 여주인공은 남주인공의 인기 투표와는 달리 정말 치열하게 뽑았기 때문에 다들 납득해야 한다는 분위기였다. 게다가 여주인공은 어떤 남주인공보다 연기를 훨 잘했으니 애초에 바꿀 필요가 없다.

"진짜 잘하네. 각본 쓰는 것보다 연기하는 게 더 적성인 거 아니야?"
"말도 안 되는 소리 하지 마라."
'뭐든 다 잘하는 반시영'같은 이상한 호칭이 붙기 전 빠르게 준호의 말을 잘랐다. 제발 이 이상 소문이 나고 싶진 않았다. 은원이랑 사귄다는 것 때문에 날 육각형 인간에 넣는 애들이 생겼는데…. 어쩌다 한번 잘 된 게 소문이 났다가, 직접 봐서 실망하는 패턴을 몇 번이나 봐서 이제 질렸다. 다시 촬영하는 쪽으로 걸어가 대본을 받았다. 아직 서 있는 하건우에게 난 이렇게 외쳤다.

"이제 알겠어? 다시 해 봐!"
그러자 걔는 바닥을 앞코로 톡톡 두드리다가 내 쪽으로 천천히 다가왔다. 처음 만난 날의 늙은 느낌을 버리고 유행에

맞게 내려온 앞머리가 바람에 흔들거렸다. 고개를 바닥에 박은 채 걸어와 표정을 읽지 못했다. 또 뭐가 문제길래 심각한 분위기로 다가오는….

"야, 나 너한테 반한 것 같아."

이건 또 뭔……. 나는 못 볼 걸 본 것처럼 목을 당겨 뒤로 뺐다. 최대한 침착하게 말하려 했지만, 한쪽 눈썹을 들어 올린 채 나오는 목소리는 굴곡이 있었다.

"뭐? 너 지금 내 연기 때문…."

"아니야. 그냥 네가 마음에 들었어. 나랑 사귀자."

도망치고 싶었다. 재를 처음 만났을 때처럼 집으로 가고자 하는 욕구가 하늘로 치솟았다. 도무지 이해가 가지 않았다. 아니 나랑 만난 지 얼마 되지도 않았으면서. 게다가 다른 애들 말을 들어보니 다른 반의 귀여운 애랑 썸을 탄다고 하던데…. 이렇게 나한테 공개 고백하면 그 애의 입장은 어떻게 되는 거지. 점점 나랑은 전혀 관계없는 고민을 하고 있을 때, 겉으로 드러난 표정이 애매해졌는지 걔는 내 눈앞에 두 손을 흔들었다.

"난 진심인데."

기시감이 느껴졌다. 곧바로 떠오르는 얼굴에 빠르게 거절했다.

"미안한데, 나 애인이…."

"그럼 헤어지고 나랑 사귀자."

정리가 안 됐다. 뱉기 전에 한 번씩 필터링을 걸쳐서 나와야 하는 게 말 아닌가? 갑자기 날 것의 감정을 받은 나는 견딜 수 없었다. 근처에 있던 애들은 갑작스레 전개된 고백에 숨을 죽이고 있었다. 나도 마찬가지였다. 무슨 말을 해야 이놈이 알아들을까.

DATE [ 04.26 ] 

아무리 해도 이야기는 끝나지 않았다. 취향이 아니라고 하니까 성격을 바꿔오겠다고 하고. 키가 너무 크다고 하니까 시야에 맞춰주겠다고 끼어들고, 이렇게 집요한 고백은 처음이었다. 그래서 결국 대화는 제대로 매듭이 지어지지 않은 채 흘러갔다. 다른 애들이 주변에서 말려줘서 다행이었다. 어쨌든……. 걔는 날 좋아하고 난 그걸 거부하는 상황이 만들어졌다. 이걸 어떻게 하지? 오늘이 금요일이면 주말동안 생각 정리라도 할 텐데. 왜 수요일이냐고. 하…. 진짜 다시 생각해도 어이가 없네.

FIN

"그래서 생각해봤어?"

이번에는 단둘이 있었다. 방과후에 따로 보자는 내 제안을 받아들였기 때문이다. 그 뜻을 제대로 이해했는지는 별개의 이야기지만….

"어, 난 역시 너랑 못 사귈 것 같아."

역시 거절하는 건 어려운 일이다. 좋아한다는 감정은 다른 감정들보다 무겁다. 난 그걸 느껴보았다. 은원이를 향한 마음은 한 번도 거둬진 적이 없으니까. 처음 짝사랑을 시작한 초등학교 6학년 때부터 지금까지 좋아하는 순간들은 하나둘 겹겹이 포개어져 있다. 그리고 그것들이 흩어지지 않게 눌러주는 게 사랑이었다. 내 사랑은 늘 무거워서 쉽게 떠올라 증발하지 않았다. 장난처럼 모아둔 마음이 아니었다. 그런데 은원이를 좋아하는 시간을 전부 휘발시키고 다시 이놈을 위해 내 마음을 내주라고 하는 건 말이 안 됐다. 만일이라는 가능성조차 없었다. 하지만 이런 내 생각을 이야기하는 건 부끄러워서 그냥 단순하게 싫다고 이야기했다. 이번에는 어떤 반응이 나올까. 펑펑 울지만 않으면 좋겠는데.

"음…. 그래. 알겠어."

"뭐?"

나도 모르게 소리가 나왔다. 아니, 잠시만. 어제, 오늘 이틀이나 종일 재만 생각하면서 거절 인사를 준비했는데. 이렇게 허무하게 받아들인다고? 벙찐 내 표정이 웃겼던 걸까?

걔는 입꼬리를 끌어당겨 미소 지었다. 게다가 한 발짝 다가와 몸을 숙여 나와 시선을 맞추더니 이렇게 말했다.

"근데 넌 분명 날 좋아하게 될 거야."

이 자신감 뭐지? 얼굴이 반반하면 다 이런 자의식을 가질 수 있는 건가? 부럽다. 진짜 대단하다. 속으로 손뼉을 치고 있으니까 이번에는 눈까지 접으며 웃고 있다. 이거 단단히 잘못 걸린 것 같은데.

"시영아. 고백받았다며."

상황 반전이었다.

"왜 곧바로 거절 안 했어?"

소문이 어느새 다 퍼졌나 보다. 이렇게 될 줄은 알았다. 다른 애도 아니고 영화까지 출연한 배우라는데. 이보다 더 재미있는 이야기는 없다. 이걸 어떻게 설명해야 좋을까.

"곧바로 거절했어. 그냥 걔가…. 걔가 집요하게 굴어서 그렇지 나는 듣자마자 거절했어."

거짓말 하나 하지 않은 진심이었다.

"시영아. 내가…"

비가 내렸다. 우산 너머로 들리는 목소리는 빗방울에 먹혀

들리지 않았다. 난 다시 한번 듣기 위해 우산을 올려 얼굴을 보았다. 은원이는 바닥만 내려다본 채 걷고 있었다. 괜히 겁이 났다.

"못 들었어. 다시 한번 말해주라."

내 말에 은원이는 머뭇거렸다. 자기도 의식하지 않고 뱉은 말이었나 보다. 그냥 흘려보내려는 걸 내가 붙잡았다.

"내가 싫어지면 말해줘."

"뭐?"

내가 계산했던 말은 그런 게 아니었다. '내가 우스워?' 혹은 '내가 웃겨?' 이런 느낌일 줄 알았는데. 은원이는 내 생각보다….

"그 대신 질리지는 마. 그럼 내가 할 수 있는 게 없어지잖아."

뒷말을 덧붙이며 작은 소리로 웃었다. 물웅덩이를 밟았다. 물웅덩이를 신발로 디디는 느낌은 불쾌했다. 가라앉는 순간마다 정신이 아득해졌다. 누군가 조종하는 것처럼, 내 몸은 주인을 잃었다. 넋이 나갔다. 지금은 4월 14일이다. 아직 사귄 지 다섯 달도 안 됐다. 그런데 벌써 질리고 말고를 이야기하고 있다. 은원이는 한 번 애인이 생기면 적어도 열 달은 넘기고 헤어졌다. 반대로 자기가 질려서 일부러 나한테 이런 말을 하는 건 아닌가 의심이 들었다.

"안 질려. 걱정하지 마."

하지만 그런 생각은 순식간에 사라졌다. 내 대답에 은원이는 여전히 미소 짓고 있었지만, 튀어나오는 실망을 감출 수는 없었다. 턱 근육에 힘이 들어갔고 억지로 끌어당긴 입꼬리가 감정을 표현해주고 있었다. 애써 참는 모습에 잠깐이라도 오해한 게 미안했다.

"그리고 걔는 내가 잘 말해볼게. 그것도 걱정 안 해도 돼. 물론 같은 반이고 동아리라 마주하는 일이 잦겠지만 그런 가능성은 일절 안 줄게."

"…그래."

이 말도 신뢰를 주기 어려웠나 보다. 불안해하지 않았으면 좋겠는데.

DATE [ 04.27 ]

'잘잤냐?' 이 문자가 이렇게까지 끔찍하게 보일 줄 몰랐다.
같은 동아리에 들어오면서 어쩔 수 없이 연락처를 공유한 게
이렇게 될 줄은…. '이딴 문자 보내지 마라.'라고 답한 뒤 차단해 뒀다.
이 정도면 자존심이 상해서라도 연락 안 하겠지….

FIN

"뭐해, 시영아?"

은정이가 가방을 책상에 내려놓으며 물었다. 내 다이어리를 힐끔 보고 나서 일부러 시선을 돌려줬다. 이런 부분에서는 역시 은정이만큼 세심한 애가 없었다. 나는 남은 글을 빠르게 적은 뒤 말했다.

"이제 봐도 괜찮아."
"응, 알겠어."

자리에 조심스레 앉고는 천천히 말했다.

"역시 시영이는 성실해! 아침 일찍 와서 다이어리 쓰고 있잖아. 나라면 절대 못 할 것 같아."
"에이, 뭘 또 그렇게까지 띄워주냐. 습관처럼 하는 거라 그래."

그래도 역시 대단하다며 날 칭찬했다. 듣기 좋은 말에 나도 모르게 드러난 목덜미를 만지작거렸다. 더위를 많이 타는 탓에 머리를 묶었는데, 좋은 선택이었던 것 같다. 열려있는 창문에서 불어오는 바람에 뒷목이 시원해졌다. 그 사이에 은정이는 교과서를 가져와야겠다고 복도에 있는 사물함 쪽으로 갔다.

"그거 매일 적는 거지?"

이제는 익숙해진 목소리가 들려왔다. 쟤는 어쩜 변화가 없을까. 나는 고개를 돌리지 않은 채 다이어리를 덮었다. 대답 없이 책등을 만지작거리자 물건을 내려놓지도 않고 날 빤히 보았다.

"이제 무시하는 거야? 다 들리면서 계속 그러면 나도 상처받아."

어쩌라는 건지 모르겠다. 언제는 내가 자기를 좋아하게 될 거라 호언장담해놓고선. 이제는 관심이 아예 없으니 초조한 건가. 한 달도 안 지나서? 성격 참 급하네. 아니면 무시당한다는 선택지는 아예 생각해보지 않았나. 뭐가 됐든 나랑은 상관없는 일이었다.

"내 말 안들리냐? 나도 상처받는다니까?"

"어쩌라고."

말을 싹둑 자르고 난 내 할 일을 했다. 문제집을 꺼내 31번 문제부터 푸는데, 한숨 소리가 들렸다. 한숨 쉬고 싶은 건 아무리 생각해도 걔가 아니라 나다. 처지가 바뀌어도 한참 바뀌었다. 보통을 거절하면 차인 사람이 더 도망치고 싶어지는 거 아닌가. 그리고 도망치지 못하는 상황이 오면 찬 사람이 갑인 게 당연한 것 같은데…. 내가 연애는 처음이라 잘 모르는 걸까. 어쨌든 그렇게 걔와의 대화는 끝났다.

DATE [ 04.28 ] 

오늘은 중간고사 첫째 날이다. 그런데 이 일기는 첫째 날에 적은 게 아니다. 시험 마지막 날 몰아서 적었다. 일기를 쓰기엔 시간이 아까워 어쩔 수 없었다. 3일 동안 있었던 일을 요약하자면….

한 마디로 말아먹었다. 이렇게까지 딴생각하며 시험을 친 건 처음이었다. 이러면 안 되는데. 1학년 1학기 시험이니까 괜찮을 것이라고 애써 자위했다. 우선 첫째 날. 갠 내게 컴퓨터 사인펜을 빌려 갔다. 그것까진 상관없었다. 성격이 저 모양이니까 친구가 없을 법도 했다. 그런데 받은 뒤 한 짓이 진짜 가관이었다. '고마워, 네 사랑이 담긴 펜이니까 더 잘 칠 수 있겠다.' 지금 이 말을 적으면서도 손발이 오그라든다. 사람이 어떻게 저렇게 능글맞을 수 있지. 우리랑 동갑이 맞긴 한 건가. ~~처음 봤을 때 내가 착각한 것도 다 말투 때문 아닌가 싶~~다. 그래서 그 펜을 쥐고 있는 개 손이 신경 쓰여서 첫째 날은 집중하지 못했다.

FIN

DATE [ 05.01 ]

두 번째 날은 내가 자신 있는 영어 시험이 있는 날이었다. 영어, 한국사, 수학. 다 해볼 만했다. 영어랑 수학을 같이 붙여놨다고 이과 애들이 비명을 질렀지만, 나랑은 상관없었다. ~~꼬우면 문과 하든가.~~ 그런 마음으로 교실에 들어왔다. 춥지도 덥지도 않은 날씨, 타이밍이 정확한 버스. 모든 게 완벽했다. 물론 걔가 첫째 날 시험을 전부 만점을 받았다는 소식을 듣기 전까지. 내가 멘탈이 이렇게 약했나? 계속 생각났다. 이걸 책임지라고 하면 더 좋아할 것 같아서 말하지도 못하겠고. 돌겠다. 도대체 왜 이런 게 붙어서….

FIN

DATE [ 05.02 ]

대망의 셋째 날이다. 이번에는 아예 정신을 집중하고 갔다. 무슨 일이 있어도 휘둘리지 말아야지. 그렇게 다짐했다. 그런데 다른 반 애가 날 찾아왔다. 쉬는 시간 동안 다음 과목을 공부하려고 대충 요건만 말해달라고 했다. 그러자 욕이 날아왔다.

야! 너, ~~니가 왜 쟤랑 붙어있냐?~~ …어이가 없었다. 언제? 하건우랑 내가? 우리가 언제 붙어있었지? 게다가 이렇게 시험 도중에 찾아올 생각은 어떻게 했는지 이해가 안 갔다. 사고회로가 고장 나도 한참 고장 났다. 하지만 나도 이대로 얼빠져있으면 너무 억울할 것 같아 한마디 했다.

FIN

"너 시험 망쳤냐?"

걔가 움찔거렸다. 굳이 너'도'라고 말하진 않았다. 괜히 그렇게 오해하기 딱 좋게 말하면 소문의 중심이 되기 쉽다. 이번 시험은 단지 내 실책이 되어야 한다. 하건우의 개입이 없는 상태. 그래야 한다. 하지만 이 말에도 그 애는 그렇게 쉽게 물러서지 않았다. 분명 이정연이었지? 명찰을 보는 내 시선에 몸을 한 발짝 뒤로 뺐다.

"아니거든? 시험 이야기가 지금 왜 나와!"

소리를 빽 질렀다. 그러자 교실에 있는 모든 애들이 그 애를 쳐다봤다. 다음 시험을 치기 몇 분 전에 찾아와서 난리를 치는 애를 다들 묘한 시선으로 바라보았다. 그제야 자신이 실수했다는 걸 인지 했는지 이번에는 나만 들릴 정도의 소리로 말했다.

"야. 너 나중에 나 좀 봐."

"싫은데?"

바로 맞받아쳤다. 이런 애들이랑 깊게 엮이면 안 된다. 함부로 소리 지르고 제멋대로 판단하는 애들. 나중에는 이상한 소문까지 퍼트려서 사람 힘들게 만든다.

"나 얘한테 관심 없어. 사귀는 애는 따로 있고."

끝이 살짝 떨렸다. 갑자기 욕을 들어서 그런가. 나도 모르게 긴장되었다. 나한테 왜 이런 일이 생긴 건지 도무지 모르겠다. 작년까지만 해도 평범하고 순탄한 삶을 살았던 것 같은데. 은원이랑 사귀면서 모든 게 변했다. 나쁘다는 건 아니지만 1월부터 난 꿈속에서 살았다.

"맞아, 나랑 사귀고 있으니까 그렇게 말하지 말아줬으면 해."

은원이가 우리 교실에 들어오면서 말했다. 어떻게 안 거지? 이놈의 학교는 개인 프라이버시가 없다. 죄다 소문이 나서 이제 남의 연애 이야기를 모르는 사람이 이상해졌다.

"웅아, 이제 곧 시험 시작인데 왜 왔어?"

그러자 은원이는 힐끔 이정연을 보았다.

"셩이 네 노트 돌려주려고 왔어.
덕분에 시험 잘 친 것 같아. 고마워."

거짓말은 티 나지 않았으나 상황이 딱 맞아서 거짓처럼 보였다. 즉 날 도와주기 위해 거짓말까지 하며 나타났다는 게 정설이 되었다. 날 마주보고 있는 정연이라는 애는 은원이가 올 줄 몰랐는지 얼굴이 붉으락푸르락해졌다. 입을 열었다 닫기를 반복하더니 몸을 휙 돌려 나갔다. 뭐 할 말이 남아있을 리가 없겠지. 혼자 착각하고 성낸 거니까. 그런데 문제는 이게 아니었다.

"아. 니가 걔야? 얘 남친? 예상이랑 다르네."

하건우는 은원이에게 다가가 말을 걸었다. 정확히는 시비를.

"키도 작고…. 아 키가 너무 큰 건 싫다고 했었지? 그래서 그런가."

"야, 너 뭐하냐?"

난 끼어들 수밖에 없었다. 2분 뒤에 국어 시험을 쳐야 하는데, 이 상태를 내버려 두면 서술형에 서로의 욕만 적게 생겼다. 그리고 무엇보다 날 두고 서로 경쟁하는 이 구도가 마음에 들지 않았다. 애초에 경쟁이 맞는지도 헷갈렸다. 싸울 거면 안 보이는 곳에서 싸우든가. 다른 애들에게 민폐였다. 은원이는 내 말의 의미를 알아들었는지, 대꾸하지 않고 손을 흔들며 자기 반으로 돌아갔다. 문이 닫히는 걸 본 다음에 난 고개를 돌려 하건우를 보았다.

"야, 적당히 해. 놀리고 싶으면 다른 애 찾아라."

"놀린 거 아니야. 난…."

"됐으니까 저리 가."

DATE [ 05.04 ] 

시험 결과가 나왔다. 솔직히 망칠 거 예상했다. 평소에 받던 점수의 10점에서 5점 정도 떨어졌다. 1학년 1학기 중간고사라서 괜찮다며 스스로 합리화했지만…. 아무리 생각해도 열받는다. 내가 뭘 잘못했길래 이렇게 괴롭히냐고. 인터넷에 글이라도 확 써버릴까. 유명하면 다인 줄 아나 본데, 유명하니까 감내해야 할 게 있는 거라고. …내가 인생은 실전이라는 말에 크게 공감하게 될 줄은 몰랐는데. 걔가 내 멋진 인생 계획을 망치고 있으니 어쩔 수 없다. 다음에 한 번만 더 건드려봐. 나도 이 갈고 있다.

FIN

"한은원, 너 무슨 생각이냐?"

교무실에 들어가자마자 은원이가 혼나는 모습을 보았다. 선생님이 급하게 시킨 일이 있어서 들어간 건데, 야단맞는 장면을 보게 될 줄 몰랐다. 이런 거 몰래 듣고 싶지 않은데. 아이들의 공책을 전달하고, 빠르게 나오려 했는데 다시 큰 소리가 들려왔다.

"1학년이야! 1학년. 근데 한 줄로 세우는 게 말이 돼? 뭐 따로 미술이나 체육 하는 것도 아니라며. 근데 왜…."

뒷말은 듣지 않고 복도로 나왔다. 말도 안 돼. 은원이가 답을 일렬로 세웠다고? 쉽게 진정되지 않았다. 혼나는 건 은원인데 속이 비틀어지는 건 나였다. 그럴 리가 없었다. 잘못 들은 거겠지. 하지만 선생의 고함이 내 머릿속에서 빙글빙글 돌았다. '한 줄로 세우는 게 말이 돼?' 적어도 내가 아는 은원이는 그럴 리 없었다. 특출나진 않아도 노력하는 애였고 작년까지만 해도 성실하게 학업에 임하는 아이였다. 사춘기가 지금 온 건가? 뭔가 오류겠지? 선생님의 오해로 끝나는 일이면 좋겠다. 그렇게 가볍게 넘기려 했다. 비밀을 말하면 30초도 안 돼서 퍼지는 이 학교만 아니었다면.

"은원아, 중간고사 시험 어땠어?"

하교하는 중이었다. 괜히 소문은 언급하지 않았다. 속 빈 강정이라든가 마네킹이라는 말을 어떻게 본인 앞에서 하겠는가. 애인인 내 앞에서도 저런 말을 꺼내는 거 보니까 자기들끼린 더 심한 말을 하고 있을 것이다. 분명 내 이야기까지 엮여서 나오겠지. 딱 봐도 안다.

"시영이 너보다 못 쳤을걸?"

너털웃음을 치는 게 얄미웠다. 다 알고 있는데. 모르는 척하고 넘어가 달라는 건가. 하지만 이번 건은 이유를 들어야겠다. 어떤 마음으로 이런 결정을 내린 건지, 이유에 따라서….

“제대로 말해줘.”

내 말에 흠칫거렸다. 돌려서 표현하기에는 내 인내심이 바닥났다.

“난 여전히 어떤 게 정답인지…”

은원이가 작게 중얼거렸다. 끝말은 거의 지워져 귓가에 닿지도 않았다. 정답? 정답이라고 지금 말한 건가.

“다시 말해봐. 난 왜 그랬는지 알아야겠어.
못 쳤으면 이해하겠는데, 일렬로 세우는 건 네가 할만한 행동은 아니잖아.”

그러자 대답 없이 얼굴이 조금 일그러졌다. 바람이라도 불어줬으면 좋겠다. 지금의 표정을 지울 수 있게. 지금 보여준 표정은 내 뇌리에서 사라지지 않을 것이다. 구름 한 점 없는 맑은 하늘, 지나가는 마을버스의 소음, 네가 쓰는 섬유유연제의 향. 모든 감각이 지금, 이 순간에 매몰되어 있었다. 난 벗어나고 싶었다. 앞으로 넘어온 머리를 다시 정리하고 자연스레 다시 한번 부드럽게 물어보고 싶었다. 하지만 손을 올릴 수는 없었다. 아래로 떨어진 팔은 중력과 압박감에 얼굴 근처는커녕 허벅지 옆에 머물렀다.

"미안. 내가 괜히…."

"미안해하지 마."

분위기를 환기하지 않으면 안 될 것 같다는 불안함에 마음에도 없는 사과를 뱉었다. 그런데 은원이의 제재에 거짓 사과가 막혔다. 그럼 도대체 무슨 말을 하라는 거지. 대답도 안 하고. 나한테 이해만 바라는 건 잘못된 거 아닌가. 이제 슬슬 화가 나기 시작했다. 이러면 안 되는 거 아는데 목소리가 커졌다.

"그럼 뭐 하라고."

"시영아, 난…."

답답하게 굴었다. 원래 애인한테는 이렇게 하던 애였나? 제대로 된 대답 없이 자기 머리를 쓸어 올리기만 했다.

"…정시. 정시 준비할 거야."

겨우 한다는 말이 이건가? 나는 정류장 의자에서 일어나 지하철 쪽으로 몸을 돌렸다. 10분 정도면 도착할 것이다. 휴대전화를 꺼내 시간을 확인하고 한 발짝씩 걸어갔다. 은원이는 날 붙잡지도 말리지도 않았다. 뒤돌아보지 않아서 어떤 표정인지도 모르겠다. 실망했다. 비밀? 있을 수 있다. 각자의 사정이라는 게 있으니까. 아무리 애인이라도 숨기고 싶은 점이 분명 있을 것이다. 사생활은 존중받는 게 맞다. 하지만 이건 경우가 달랐다. 소문이 퍼지기 전부터 나는 속이 쓰렸다. 분명 은원이는 그런 애가 아닌데. 다른 애들의 조롱 때문에 힘들어하진 않을까. 대놓고 깔보는 애가 있으면 어떡하지. 물론 그런 되지도 않는 비웃음을 이겨낼 수 있는 애였지만, 새 고등학교에 들어와서 아직 제대로 된 무리가 없는데. 그래서 물어보았다. 왜 그런 건지. 내가 대변인이 되어 은원이를 도와주고 싶었다. 그 의도를 전부 알면서 주제를 흘려보내려 한 게 너무 괘씸하다. 이야기하고 싶지 않다면 그렇게 말하면 되는 일이었다. '그건 말하기 곤란해.'라던가. 솔직하게 못 말하겠다고 하면 난 이해했을 것이다. 그렇게 생각하며 지하철 개찰구에 교통카드를 찍었다.

"어? 왜 오늘은 지하철이야?"

익숙한 목소리였다.

"신경 꺼."

그 말에 하건우는 입을 꾹 닫았다. 안 그래도 열받는데 이 상황에서 재랑 이야기하면 화병으로 쓰러질 것 같다. 가만히 서서 열차가 들어오길 기다렸다. 그런데 하건우가 슬쩍 내 쪽으로 다가왔다.

"기분 안 좋아 보이는데. 물어보면 안 되겠지? …단 거라도 먹을래?"

하며 가방에 있는 초콜릿 바를 꺼내 내게 건넸다. 손을 쳐내기도 애매해서 그냥 받았다. 곧바로 입에 넣진 않고 주머니에 쑤셔 넣었다.

"…고마워."

그냥 받아먹긴 뭐해서 짧은 감사 인사를 했다. 그러자 깜짝 놀란 눈으로 날 보았다. 내가 얼마나 냉혈한으로 보였으면…. 커졌던 동공은 금방 돌아와 능청스러운 표정으로 말했다.

"나중에 갚아야 한다? "

다시 돌려줄까 하다가 그냥 아무 말 없이 열차가 들어오는 걸 바라보았다. 불어오는 바람에 앞머리가 살랑거렸다. 얘는 계속 날 보고 있었다. 스크린 도어에 비쳐서 다 알고 있다는 걸 모르는 걸까.

「이 역은 전동차와 승강장 사이가 넓으니, 내리실 때 발빠짐에 주의하시기 바랍니다.」

"야, 넌 왜 나야?"

언젠가는 물어볼 질문이었다. 왜 하필 나인지. 진심으로 좋아하는 게 맞긴 한 건지. 궁금한 게 한둘이 아니었다. 문이 열렸고 우리는 나란히 앉았다. 목소리를 죽인 채 내게 말했다.

"이유 같은 거 없는데."
"…그게 말이 돼?"

"그럼 넌 네 남친이 좋은 이유가 명확히 있나 보지?"

대답하지 못했다. 내가 은원이를 좋아하는 이유? 여러 가지가 있었다. 얼굴이 취향이었고, 목소리가 좋았다. 바른 자세로 앉는 것, 깔끔하게 밥을 먹는 것, 그리고…. 똑똑한 것. 머리가 띵해졌다. 지금 내가 무슨 생각을 한 거지. 아니라고 부정하고 싶다. 하지만 던져진 의문은 진실이라는 벽 앞에 무너져 정답이 되었다. 내가 화 난 이유가 설마…. 거짓말을 하고 주제를 넘기려 했던 태도 때문이 아니라, 이제 공부를 잘한다는 은원이의 장점이 하나 사라졌기 때문인 건가? 그래서 내가 실망한 거고? 머리가 제대로 돌아가지 않았다. 그럼 내 멋대로 은원이를 좋아하는 이유를 만들고 그걸 어길 때마다 실망하고 화를 내는 건가. 이건 마치 초등학생의 사고 아닌가. 남을 생각하지 않고 멋대로 판가름해 실망하는 일.

그런 건 많이 겪었다고 생각했는데, 내가 직접 그런 일을 하고 있었다니. 한심했다. 머리를 풀었다. 붉어진 귀를 숨기려면 이 방법밖에 없었다. 옆에서 하건우는 미소 짓고 있었다. 양쪽 입꼬리를 잡아당긴 게 참 가증스러웠다. 얘 말대로 난 은원이를 좋아하는 명확한 이유가 있었고, 그 말을 뒤집으면 그것만 없으면 은원이를 좋아할 이유가 없어진다.

"있나 보네. 그 범생이 같은 애가 뭐가 좋다는 건지. 아, 이제 범생이도 아니지? 전 과목 평균이 30점도 안 된다던데."

"그만해라."

둘 다 입을 닫으니 열차의 소리만 남았다. 정적은 길게 가지 않았다. 저 방정맞은 입이 또 열렸기 때문이다.

"네 남친은 뭐래? 니가 왜 좋대?"

[illegible]

나도 이 갈고 있다.

대답할 수 없었다. 그런 거 물어본 적 없으니까. 걔만 만나면 집으로 도망치고 싶어지는 욕구가 치솟는다.

FIN

"나 이제 내려야 해."

열차가 플렛폼에 도착했고 난 자리에서 일어났다.

"간다."
"어, 그래라. …그리고 너 말이야. 조심하는 게 좋을 거야, 니 남친이…"

스크린 도어가 닫혀 끝말은 전해지지 않았다. 또 분명 질투에 눈이 멀어 헛소리했겠지. 난 뒤도 안 돌아보고 계단을 올랐다. '이번에는 교회남이 없네.' 같은 생각을 하기도 하고 정말 은원이가 날 좋아하는 가에 대해 심도 있는 고민을 하기도 했다. 전부 부질없었다. 직접 듣는 것도 아니고 나 혼자 생각해서 결론 짓는 건 바보 같은 일이다. 물론 상대가 내게 진실을 이야기 해줄 때 적용되는 일이지만.

[웅이♡]

휴대전화에는 알림이 하나 떴다. 전화는 아니었다.

웅이♡

시영아 도착했어?

오늘은 내가 잘못했어.

생각하니까 미안하다는 말을 못 했더라.

아니야. 괜찮아.

난 무심한 표정으로 답을 보냈다.

웅이♡

이 일에 대해선 나중에 알려줄게.
그때까지 기다려줄 수 있을까?

분명 난 애인끼리도 사생활이 있을 수 있다고 생각하는 파다.

여전히 그 생각은 깨지지 않았다. 하지만 왠지 모르게 속이 따가웠다. 정확히는 섭섭했다. 어떤 마음으로 그 결정을 한 건지 모른다는 게 이렇게 답답한 건지 몰랐다. 연애에 흠을 만들기 싫어서 노력했는데. 이번 말다툼으로 은원이의 마음에 금이 갔으면 어떡하지. 다양한 고민을 하다가 답을 보냈다.

응

기다릴게

확인 표시는 곧바로 떴다. 하지만 답장이 곧바로 돌아오지 않았다. 5분 정도 지났을까?

웅이♡

고마워

그럼 잘자

응 너도

[하건우]

아 맞다. 오늘 지하철에서 차단한 걸 풀어달라고 애원해서 어쩔 수 없이 해줬는데…. 곧바로 문자가 올 줄은 몰랐다.

하건우

11일에 현장체험학습 가잖아

그게 너랑 나랑 무슨 상관이지? 궁금해서 채팅을 계속 빤히 보고 있었다.

하건우

같이 옷 사러 나가자.

싫은데.

지체하지 않고 답장을 한 뒤 스탠드의 불을 껐다. 알람은 미친 듯이 오고 있었다.

하건우

아, 제발~~

내가 진짜 쇼핑 잘하거든??
진짜 짐 하나 안 들게 해줄게!!!

야. 내일 5월 5일 어린이날이잖아~
우리 같은 어린이는 놀아야 해~

어린이는 이 시간에 안 깨어 있거든? 빨리 자라.

하건우

야, 제발~~~ 이 기회에 니 남친이랑
화해할 수 있는 그런

그런?

하건우

미안함이 담긴 선물도 사는 거고. 그런 거지.

"입만 산 놈."

걔는 옷을 갈아입으러 탈의실에 갔다. 난 휴대전화에 시선을 고정한 채 기다렸다. 은원이는 내 하트 이모티콘에 좋다는 표시를 했지만, 그 이후로 문자가 오진 않았다.

"뭐. 그래도 옷은 잘 고르지 않아?"

놈이 나왔다. 자기 얼굴이 어떻게 남들에게 보여지는지 정확하게 알고 있는 듯한 표정이었다. 게다가 쟤의 말에 인정할 수밖에 없었다. 혼자 쇼핑할 때는 2시간이 기본이었다. 근데 살 거 다 산 지금, 1시간을 넘기지 않았다. 저놈도 분명 여러 번의 연애 경험이 있는 거겠지.

"근데 진짜 그거면 되겠냐?"
"어, 은원이는 좋아할 거야."
"내가 보증하는데 그걸 받고 진심으로 좋아할 사람은 없을 거다."

난 위를 향해 째려보았다. 눈이 마주친 하건우는

움찔거리곤 목을 큼큼 풀었다.

"한은원이 그걸 받고 좋아한다? 그건 전부 가식이야."

이번에는 발을 콱 밟았다.

"아야!"

"적당히 해라."

스크린 도어가 열렸다. 이번에는 남는 좌석이 하나밖에 없었다. 서로 앉으라는 눈짓을 하던 사이에 다른 사람이 앉았다.

"뭐하냐?"

"양보한 거지 뭐."

"양보는 무슨…."

어이없었다. 뭐 말 한 마디 마디가 전부 거짓이었다.

"아 맞다. 넌 어버이날 선물 안 사? 분명 5월…. 8일이었지?"

난 손을 꼽으며 물었다.

"난 필요 없어."

필요 없다니. 서로 기념일 같은 걸 안 챙기는 건가?

그래도 그렇지, 필요 없다는 말은 좀 그렇지 않나? 물론 나도 필요 없지만.

"…부모님이 없거든."

우리의 대화를 들은 몇몇 사람들이 시선을 주었다. 궁금한 걸까? 재빠르게 상황을 판단하고 짓는 동정의 눈, 놀라서 벌어진 입, 하고 있던 게임을 끈 채 집중하고 있는 사람까지. 기분이 나쁘진 않았다. 익숙했으니까. …하지만 이게 뭐 중요한 일이라고.

"그래? 나도 없어."

짧게 끊었다. 난 이런 곳에서 내 우울을 전시하고 싶지 않았다. 내 답에 더 놀란 것처럼 보이는 사람들도 있었으나 그런 표정들은 내가 주위를 둘러보자 순식간에 사라졌다. 평범했다. 이런 날이 하루 이틀도 아니고. 그러나 조금 가증스러웠다. 화재의 중심에 있는 사람을 헐뜯고 비난하다가 직접 마주 본 채로 이야기해 보라고 하면 아무 말도 하지 못한다. 남들의 뒤에 숨기 바쁘면서도 상대의 약점을 조롱하는 그런 존재. 그게 내가 정의한 인간이었다. 내 눈앞의 이놈은 어떻게 반응할까.

"의외네."

그렇게 나올 줄 알았다. 난 너희들이 생각하는 정상(正常)에 어울리지 않는 사람이었다. 그러니 이런 감상이 나올 수밖에. 멋대로 기대하고 멋대로 실망하는….

"말해줄 줄 몰랐어."

평소의 목소리대로 말했다. 흔들림도 없고 어떤 감정이 섞여 혼탁하지 않은, 맑은 음성이었다. 나는 어벙하게 쳐다봤다. 그러자 걔는 평소처럼 웃었다. 얘는 웃을 때마다 왼쪽 눈이 살짝 접혔다. 동아리 촬영 때마다 모니터 너머로 그 얼굴을 보며 속 참 편해 보인다고 생각했었다. 그런데 이번에는 마음이 일렁거렸다. 친한 친구들에게도 감춰왔던 일을 내가 얘 앞에서 편하게 말했다. 그리고 그걸 후회하지 않을 것 같다는 감정이 들었다.

"줄 서!"

반장의 큰 외침에 우리는 줄을 섰다.

DATE [ 05.11 ]

오늘은 현장체험학습이 있는 날. 전체적으로 재미없었다. 수학여행도 아니고 재미있을 리가. 과학관 안에는 말 그대로 물리, 우주 뭐 이것저것을 소재로 한 전시품이 있었다. 우리가 초등학생이라면 체험관에서 들뜰 수 있었겠지만…. 우리도 어느 정도 나이가 있지. 선생님들은 우리를 너무 과소평가했다.

나에겐 다 끝나고 반 친구들끼리 같이 가기로 한 노래방 일정이 더 흥미로웠다. 거기에 걔도 끼어있다는 게 마음에 안 들지만 어떻게 할 수 없다. 그리고 오늘 걔랑 같이 쇼핑해서 산 옷이 호평도 들었으니…. 뭐 어떤가. 친구도 아닌데.

FIN

"와. 너 진짜 노래 잘 부르네."

요즘 유행하는 노래를 부른 걔는 옆자리에 앉았다. 손뼉 치며 난 물었다.

"이럴 거면 배우 말고 아이돌 하지 그래?"

"그게 쉬워보이냐?"

장난스럽게 찌푸려진 눈썹이 웃겼다. 하긴…. 아이돌에 어울리는 마스크가 아니었다. 좀 노안이니까. 성격도 문제가 많고. 진짜 마음이 울릴 정도로 부르는 건 아니니까 센터는 안 되고. 춤은 아직 내가 모르니까 보류…. 이런 잡다한 생각을 하고 있으니 걔는 손바닥을 내 눈앞에서 흔들었다.

"야, 또 이상한 생각하지."
"아니거든."
"넌 은근히 쓸데없는 생각 많이 하는 거 알아?"

노래 소리가 커서 잘 안들렸다. 대충 쓸데없다는 말만 들었다. 난 짜증난 표정으로 다시 물었다.

"뭐라고 했냐? 죽을래?"
"아니…. 하 됐다."

그리곤 자리에서 일어나 다음 곡을 불렀다. 노래 하나는 잘하는 것 같다.

DATE [ 05.12 ] 

다음날 난리가 났다. 같이 쇼핑간 게 다 들켰나 보다.
서로 입을 조심하자고 했는데. 누가 본 건지 인증 사진까지 찍혔다. 지금 애인이 누구냐는 물음만 5번 들었다. 그리고 그 질문은 두 남자에게도 전달되었다. 진짜 어떡해. 지금은 마치 내가 화가 나서 바람 피는 상황 같지 않은가. 아!!! 진짜 꼬드김에 넘어가지 말았어야 했는데. 화해 선물이고 나발이고 지금 당장 관계가 사라지기 일보직전이다. 게다가 은원이가 오늘 '나 먼저 갈게'라고 문자를 보내서 혼자 집에 왔다. 선물 이야기는 꺼내지도 못했다. 나는 바보다.

FIN

"하…. 반시영. 할 수 있다."

난 뮤지컬에 나오는 주인공처럼 거울을 보며 중얼거렸다. 휴대폰 메모장을 열어둔 채, 할 말을 정리했다. 내가 해야 할 말, 하고 싶은 말, 듣고 싶은 말. 정리는 완벽했다. 즐겨 찾기에 넣어두었고 이름 옆에 파란 하트가 붙어있어 곧바로 찾아 전화 버튼을 누를 수 있었지만 손이 따라주질 않았다. 긴장에 한쪽 다리에 쥐가 났다. 하지만 그건 중요하지 않았다. 눈을 몇 번 빠르게 깜박인 다음 전화를 걸었다. 착신음이 2번 반쯤 울릴 때 연결되었다.

"은원아."

"전화하지 마."

단호한 목소리. 지난번과 같았다. 말을 막는 낮은 음의 단단한 소리는 날 집어삼켰다.

"왜, 난 문자보다 말로 풀고 싶어. 내가 왜 그랬는지…. 궁금하지 않은 거야? 그냥 이렇게 이 일은 없었다는 것처럼 뭉개면서 끝낼 거야?"

전화기 너머로 긴 침묵이 이어졌다. 어떤 생각을 하고 있을지 궁금하지 않았다. 난 지금 내 상황을 두둔해줄 말들을 고르기 바쁘다.

"미안. 나 지금…."

저쪽도 마찬가지인 것 같았다. 어떻게 말해야 할까. 네가 최대한 상처받지 않을….

"네 목소리 계속 들으면 화 풀릴 것 같아. 끊을게."

툭. 끊어지는 소리가 들렸다. 손이 풀려 휴대전화가 여러 번 둔탁한 소리를 내며 요란하게 바닥에 떨어졌다. 액정이 깨져도 괜찮았다. 수리 비용 같은 현실적인 문제는 지금 이 상황에 끼어들 틈이 없었다. 머리가 멈춰 어떤 행동이 정답인지 헷갈렸다.

은원아, 미안해. 이렇게 오해가 커질 줄 몰랐어.
친구 정도는 괜찮다고 생각했는데, 내가 잘못 생각했나 봐.
나도 네 입장이었으면 신경 쓰일 것 같은데.
생각 안 하고 내 멋대로 행동했어. 미안해.
그리고 네가 싫다고 하면 그냥 바로 차단할게

1 미안해

여러번 썼다 지우기를 반복하다가 조심스레 전송 버튼을 눌렀다. 곧바로 읽음 표시가 떴다.

웅이♡

친구로서 좋은 사람이라고 판단했다면 상관없어.

하지만 네가

삭제된 메세지입니다.

보냄과 동시에 사라져서 읽지 못했다.

웅이♡

그냥 날 좀 더 신경 써 줬으면 좋겠어.

응, 당연하지.

근데 방금 보낸 메시지 뭐야??

웅이♡

오타라 지운 거야. 신경 쓰지 마.

그냥 넘기긴 찝찝했지만 잘 끝낸 이 분위기에 물을 끼얹기 싫었다.

그럼.... 이제 전화 걸어도 되는 거지?

웅이♡

당연하지.

DATE [ 05.26 ] 

체육대회~~~!!! 은원이와 화해하고 2주나 지났지만, 여전히 좀 껄끄러운 점이 있었다. 서로 반에 찾아가지도 않았고, 하교할 때도 말하지 않은 채 걷기만 했다. 우리가 아직 연인이라는 걸 증명하는 건 검지에서 빛나고 있는 은색 반지뿐이었다. 하지만 오늘은 진짜 대박이었다. 이렇게…. 연애 인증을 하게 될 줄은.

FIN

다양한 종목이 있었다. 기본적인 달리기나 줄넘기부터 시작해, 박 터트리기, 놋다리밟기까지. 우리 반은 게임에 나오는 캐릭터의 옷을 입고 있었다. 빨간 티에 멜빵 청바지가 꽤 귀여워서 마음에 들었다. 은원이의 반은 농구복을 입고 있었다. 등에는 자기 번호가 새겨져 있는데, 저것도 꽤나 귀여웠다. 파란색이 정말 잘 받긴 하나 보다. 멀리서 봐도 혼자 눈에 띄었다. 속눈썹도 길고 이목구비가 뚜렷해 요즘 유행하는 얼굴의 완성형에 가까웠다. 미션 달리기를 하는 은원이가 점점 가까워지는 착각이 들 정도로….

"시영아, 나와."

착각이 아니었다. 은원이가 갑자기 내 쪽으로 와서 손을 내밀었다. 우리 반 애들이 방해하며 나가지 말라고 내 팔을 붙잡았지만, 난 은원이의 손을 잡았다. 뭐라고 적혀있는지는 몰라도 같이 달렸다. 처음이었다. 손을 잡는 건. 이렇게 첫 스킨십을 해도 되는 건가. 설마 지금 나만 이런 거 신경 쓰고 있는 건가. 은원이는 이번에도 아무렇지 않은 걸까. 나만 새빨갛게 상기되어 도착지점에 다다랐다. 선생님이 우리에게 다가와 쪽지를 가져갔다. 마이크를 붙잡더니….

"어디보자. 「자신보다 심박수 높은 사람 손 잡고 오기」 심박수부터 측정해야겠네. 이쪽으로 와라. 그리고 이제 손은 떼도 된다."

발표된 쪽지 내용과 덧붙여진 선생님의 말에 난 빠르게 손을 뗐다. 벤치에 앉아있는 애들의 함성이 들렸다.

"야! 이것들아, 왜 염장질이냐!"
"같은 반이라 우리한텐 이득임. 괜춘."

기계로 심박수를 재는 동안 은원이를 떠올리지 않으려 노력했다. 그래야 은원이네 반이 미션에 실패하고 우리 반 애들이 이길 수 있으니까. 하지만 미칠 것 같았다. 2주 만에 제대로 눈을 마주치는 것 같은데 손부터 잡다니. 심장이 점점 빨라지는 게 느껴졌다. 어지러워서 몸을 비치적거렸다. 그러자 측정이 끝난 은원이가 내게 와서 등을 잡아줬다. …이런데 내가 어떻게 미워해. 결과는 뻔했다. 내가 은원이보다 심박수가 높았고, 안 그래도 1등 팀인데 더 밀어주게 되었다. 순식간에 난 대역죄인이 되어버렸다. 그래도 우리반 애들이 장난식으로 혼내고, 괜찮다며 위로해줘서 다행이었다. 안 그랬으면 죄책감에 의기소침해졌을 텐데. 고맙다.

"야, 숨을 멈춰서라도 심장을 멈췄어야지."

애는 또 왜 이래. 하건우는 킬킬 웃으며 날 건드렸다.

"뭐래. 니가 뛰어봤냐? 조용히 해라."

나도 가볍게 맞받아치고 아직 경기가 끝나지 않은 운동장을 바라보았다. 그때였다.

"와, 지가 잘못해놓고 남한테 말하는 꼬라지 레전드."

옆자리 벤치에서 들려온 말이다. 내가 그 애를 휙 바라보았다. 그런데도 말은 끊어지지 않았다. 물론 날 보고 말하진 않았다. 그 정도 배짱은 없나 보다.

"솔직히 말해서 지만 잘했으면 저렇게 점수 차 안 벌어지는 건데. 그것도 모르고 벤치에 앉아서 하하호호. 지성이 1도 없죠? 거의 뭐 유인원 수준의 능지죠?"
"야, 뭐라고 했어?"

그 애는 내가 답할 줄 몰랐는지 멍청한 표정을 짓고 있었다.

"너 지금 내가 만만하냐?"

이런 애들은 원래 관심을 안 주는 게 답이지만, 관심이고 나발이고 면전에서 욕을 먹었는데 가만히 있어야 하는 건가? 몸을 일으키려고 하는 데 여러 개의 손이 날 붙잡았다.

"시영아 그냥 무시해."

"저런 애들 말 신경 쓰지 마."

친구들은 말리며 내게 정답을 이야기해줬다. 하지만 뭔가 찝찝했다. 나중에 자기 반이 지면 다 내 탓으로 돌릴 것 같다.

"야 이리 와봐."

그때 하건우는 내게 손짓했다. 그래서 가까이 갔더니 귓속말로 말했다.

"야, 그냥 아무거나 들은 척하고 쟤들 보면서 피식 웃어. 알겠지?"

고개를 끄덕인 뒤 하건우가 시킨 대로 했다. 그러자 그 애는 미간을 찌푸렸다. 궁금해 죽겠지? 난 다시 운동장을 보았다. 어떻게 은원이는 줄다리기도 잘할까.

"이겼네. 축하해."

"응, 고마워."

어색하게 말하며 버스를 기다렸다. 난 타이밍을 재고 있었다.

"오늘은 내가 데려다줄게!"

내 말에 은원이는 조금 의아하다는 눈빛으로 보더니 고개를 끄덕였다. 버스는 곧바로 도착했다. 사람이 많아서 우리는 손잡이를 잡고 섰다.

"그래서 왜 데려다주려고 한거야?"

부드러운 목소리에 긴장이 풀렸다. 지금부터 할 말들은 전부 긍정적인 답변이 필요했다. 그런 의미로 보자면 첫 시작을 끊는 발언이 굉장히 좋았다. 공격적이지도 않고, 음울하지도 않은 질문. 내가 원하는 시작이었다. 불투명한 감정이 조금이라도 섞이게 되면 난 이 대화를 잘 끌고 가지 못할 것이다.

"매번 데려다주니까. 내가 이제 데려다줘도 괜찮지 않나 싶어서."

"그래? 안 그래도 되는데."

"그리고 이사 간 네 집이 어디인지 보고 싶기도 했고."

버스에서 내려 은원이가 사는 아파트 쪽으로 걸어갔다.

"생각보다 버스정류장이랑 집이 머네?"

"응, 그래서 일찍 일어나야 해."

약간의 정적이 흘렀다. 침을 삼키는 소리가 들렸을까.

"체육대회 MVP가 누구더라?"

빠르게 분위기를 환기하기 위해 주제를 바꿨다. 아파트 입구 바로 옆 벤치에 앉아 이야기하다 보니 아파트 주민들이 몇몇 지나갔다.

"3반 반장인 것 같더라."
"그래? 의외다. 난 너희 반에서 나올 줄 알았는데."
"시영아, 음…. 어, 할 이야기가 뭐야?"

따지는 듯이 말하지 않았다. 은원이는 늘 상처 주지 않으려 노력했다. 그런 모습을 볼 때마다 난 마음이 저렸다. 난 그렇게 하지 못하는데.

"내가 잘못했다고 말하고 싶어서."
"사과했었잖아. 난 이제 괜찮아."
"아니, 그거 말고. 내가…."

쉽게 입이 떨어지지 않았다. 머릿속으로 정리해뒀던 말들이 뒤섞이기 시작하면서 엉켜버렸다. 그리고 그 수많은 글자를 다시 나열할 수 없을 것 같다는 생각에 눈만 파르르 떨었다. 오해받지 않게, 상처받지 않게. 미움받지 않게. 그렇게 말을 골랐다.

"내가 널 마음대로 평가한 것 같아서."

고개를 들어 은원이를 보았다. 앞이 흐렸다. 망울망울

고여있던 눈물은, 꽉 쥐어 끝이 하얗게 변한 손 위로 떨어졌다. 울 생각은 아니었는데. 투둑. 따뜻한 액체가 닿는 촉감에 정신을 차렸다. 억지로 깊게 잠긴 소리를 끌어모았다.

"난 널 진심으로 좋아하는 게 아닐지도 몰라."
"그게 무슨 소리야?"
은원이는 처음으로 날 선 감정을 그대로 내비쳤다. 아, 결국엔 잘못된 톱니바퀴를 억지로 돌리게 되는구나.

"나, 네가 공부를 포기해서 실망했나 봐. 니가 똑똑하지 않은 게 부끄러웠던 걸지도 몰라."
은원이의 입이 결국 닫혔다.

"마음대로 넌 공부를 잘한다고 평가했어.
그리고 그게 다른 아이들에게 과시할 만한 일이라고 생각한 거지. 넌 내가 아닌데."
표정이 점점 굳어갔다. 난 겁이 났다.

"그리고 널 좋아하는 '이유'가 있는 것 같아. 사랑은 그런 게 아닌데. 원래 이유없는 사랑이 진짜 감정이잖아. 분명 난 그 이유들이 다 사라지면 널 좋아하지 않을지도 몰라. …미안해. 이런 이상한 마음으로 연애를 시작해서. 언제든지 헤어지자 해도 괜찮아."

"거짓말하지 마."

쿡 빠르게 찔렸다.

"헤어져도 괜찮다는 말 진심이야? 그런 말 쉽게 해도 돼?"

서로를 안지 너무 오래되었다. 역시 이런 빈말은 쉽게 들통났다.

"이런 말 듣고 싶어서 너랑 사귀는 거 아니야."

표정 관리가 안 됐다.

"나도 널 좋아하는 이유가 있어."

은원이는 손을 하나씩 꼽았다.

"머리를 묶어도, 땋아도 잘 어울리는 게 좋고, 웃는 게 밝아서 좋고, 뭐든 열심히 하는 게 좋고, 결과가 나쁘더라도 좌절하지 않고 금방 일어나는 모습이 좋아. 그리고 이것 말고도 좋아하는 이유들이 엄청나게 많아. 난 네가 이 중에서 하나가 사라져도 괜찮아. 다른 좋은 마음이 너무나 많이 남아있으니까. 그러니까. 너랑 난 상황이 똑같아."

한숨을 내뱉더니 말을 이었다.

"아니. 모든 연인이 이렇겠지. 시영이 네가 이상한 거 아니고. 그게 당연한 거야. 어떻게 이유 없이 무조건 좋아할 수 있겠어?"

난 멍해졌다.

"난, 난. 너한테 내가 왜 좋냐고 물었을 때 곧바로 답 못할까 봐 걱정하고 있었어."

"그럴 리가 있겠어? 시영아, 난 네가 좋아서 사귀는 거야. 억지로 이러고 있는 게 아니란 말이야."

눈물은 멎었다. 이 논리적인 말에 반박할만한 대사는 없었다.

"그럼 이제 집에 가자. 내가 데려다줄게."

하며 내 손을 잡으며 일어났다.

"아니야! 내가 오늘은 데려다주기로 했으니까, 은원이 너는 이만 들어가."

내 단호한 태도에 은원이는 잠시 고민하다가 고개를 끄덕였다.

"그럼 집에 들어간 뒤에 바로 문자 보내줘."

난 고개를 끄덕이고 일어나는데 까먹고 있던 게 생각났다.

"은원아, 손 좀 줘봐. "

가방에서 물건을 꺼내 손에 올려주었다.

"모래시계?"

"응, 파란색을 좋아하잖아.

그리고 널 보면 왠지 바다가 떠올라서. 그래서 선물로 준비했어. …마음에 안 들어?"

은원이는 멍하게 모래시계를 보다가 싱긋 웃었다.

"아주 마음에 들어. 안에 있는 이 산호초 모양이 예쁘다. 진주도 있네."

DATE [ 05.27 ]

동아리 때문에 주말에도 시간을 내야 한다. 직접 입부 신청서를 적긴 했지만, 너무 힘들다. 특히 걔 때문에 문제가 많다. 허우대만 멀쩡하지. 실속이 없다. 심성이 나쁘진 않다는 걸 알지만 저 연기 실력을 볼 때마다 한 대 쥐어박고 싶다.

FIN

"야, 뭐하냐?"

쉬는 시간에 구석으로 가 다이어리를 쓰고 있는데 걔가 내 쪽으로 다가왔다. 난 몸으로 다이어리를 가린 채 말했다.

"몰라도 되거든. 그냥 니 할 일이나 해라."

"아, 다이어리 쓴다고? 내 이야기가 들어가서 창피한 건가?"

저 여우같은 놈.

"그래, 니 욕 쓰고 있었다."

그러자 걔는 크게 웃고 몸을 숙여 앉아있는 내 눈과 시야를 맞췄다.

"한 번만 보게 해주라. 대충 훑어보기만 할게."
"싫어. 또 이것저것 트집 잡으면서 놀릴 거잖아."
"안 그럴게. 그러니까 음…. 그럼 오늘 적은 것만 보여줘."

잠깐 고민하다가 고개를 끄덕였다. 은원이에게 보여주기 전 일반인의 평가를 들어보고 싶었고 오늘 쓴 일기만 보여주는 거니까 읽어도 상관없겠다고 생각했다. 다이어리를 넘겨준 뒤 말을 덧붙였다.

"아, 보는 사람은 자기가 보는 페이지의 귀퉁이를 접어야 해."
"왜?"

걔는 내가 쓴 글을 천천히 읽으면서 실소했다. 실시간으로 감상을 보는 건 생각보다 묘했다. 그리고 걔는 내 말대로 종이의 끝을 접었다.

"훔쳐보는 거랑 허락을 구하고 보는 건 다르잖아. 종이를 접어두면 나도 확인할 수 있으니까 훔쳐본 게 아니지. 대충 그런 의미로 하라는 거야. 뭐, 사실….”

말이 길어졌다. 이쯤 되면 끊고 들어올 때가 됐는데 왜 아무 말 없지. 비밀을 보여주는 것 같아서 쑥스러운데. 창피함에 바닥만 보다가 그 애를 바라보았다. 그러자 걔는 내게 맞춰줬던 몸을 휙 일으켰다. 다이어리를 하늘 높이 올리더니.

“야, 이거 뭐야?”
“뭐, 뭐가…?”

내가 오늘 뭐라고 썼더라. ‘허우대만 멀쩡하지. 실속이 없다.’ 이 말에 화가 난 건가. 그 정도 말은 평소에도 하니까 괜찮을 것 같았는데. 확실히 욕을 바로 들을 줄은 몰랐겠지. 괜히 미안해졌다. 내가 몸을 움츠리며 빤히 보니까 걔는 이번에도 한숨을 쉬었다. 그래도 얘랑 있으면 눈치 싸움 없이 하고 싶은 말을 다 할 수 있어서 좋았는데. 난 왜 매번 일을 망치는 걸까. 남을 배려할 줄도 모르고 한심하다.

“미안해. 너도 상처받는 사람인데. 정말….”
“아니 그거 말고. 너, 이 다이어리 다른 사람한테 보여준 적 있어?”

내 말을 자르고 튀어나온 말은 예상을 벗어났다.

“아니? 없어. 근데 그게 왜….”
“이거…. 뭐냐?”
“왜? 뭐 잘못 적었어?”

그렇다는 말도 아니라는 말도 하지 않고 얘는 고민만 하고 있었다.

"왜 그러냐고."
"…남들한테 절대 보여주지 마. 나한테도 보여주지 말고."
하며 위에서 공기를 마시던 다이어리를 내게 건네줬다.

"그게 무슨 소리야?"
걔는 할 말을 잃은 사람처럼 허공만 보더니 자기 이마를 짚었다.

"너무 못 써서 다른 사람이 보면 기절할 거다."
"너는 진짜…!"
다이어리를 품에 안고 째려보았다. 그러자 진지한 표정을 하더니 내 다이어리를 손으로 꾹꾹 눌렀다.

"진짜 다른 사람한테 보여주면 안 된다. 특히 네 남친."
"…왜? 은원이한테 나중에 보여주려고 했는데?"
"…남을 욕하는 게 절반인 다이어리를 남친이 보고 싶겠냐? 너는 가끔씩 이상한 부분에서 둔감하더라. 아, 그러고 보니 전에 산 모래시계는 좋아하더냐?"
"응, 좋아하던데? 누구누구처럼 감성이 없는 애가 아니라서 말이지."
"와, 끼리끼리 논다고 남친도 연기력이 좋은가 보지?"

나는 곧바로 일어나서 옆구리를 쿡 찔렀다.

"목숨이 아깝지도 않냐? 제발 말 같은 말만 해라. 너 때문에 스트레스로 쓰러지면 어떡할래?"

걔는 자기 옆구리를 잡은 채 말했다.

"어떻게 하긴, 책임져야지. 아직도 유효한 거 몰라? 너 좋아한다고."

소름 돋는 놈. 난 어깨를 부르르 떨며 자리에서 일어나 촬영하는 애들 사이로 걸어갔다. 더 이상 말을 하면 내가 휘말릴 것 같다. 어디로 튈지 모르는 놈을 상대하는 건 내 취미가 아니었다. 그리고 아까 전부터 날 이상하게 쳐다보는 게…. 이러다 큰일 생기는 거 아닌지 몰라.

# 아직

DATE [ 06.01 ]

학력평가가 있는 날이다. 이번에는 자신이 있었다. 중간고사 때처럼 정신이 흔들릴 일도 없을 테고. 탄탄대로를 달리기만 하면 된다. 수학이 조금 약하지만 그래도 자신이 있다.

“이번 시험 망했어.”

열에서 은정이가 좌절하며 시험지에 얼굴을 박았다. 나는 위로하는 차원에 등을 토닥여줬다. 달래주는 말을 하진 못했다. 그도 그럴 것이 난 시험을 잘 봤으니까. 그것도 엄청. 이 정도면 벽에 걸 수 있는 점수다. 학원도 안 다니고 동아리 때문에 시간이 잡혀있던 걸 생각하면 엄청난 결과였다. 속으로 뿌듯해하고 있자 걔가 다가왔다.

“시험 잘 쳤냐?”

“당연하지. 난 시험 망치면 안되거든.”

내 말에 눈을 깜박거리더니 자연스레 고개를 끄덕였다.

"근데 너 저번 시험 평균이 82점이라고 하던데. 이번에도 그 정도로 만족하는 거 아니야? 원래 잘한다, 못한다는 기준은 개인차가 있는 거잖아."

내가 달려들기 직전에 은원이가 우리 반으로 찾아왔다.

"셩아, 오늘 시험 어땠어?"

"잘 봤어. 생각보다 쉽게 나와서 놀랐어."

다른 애들이 듣고 잘난척한다고 생각할까 봐 볼륨을 낮췄다. 그리고 나는 조금 심각한 표정으로 은원이를 보았다. 이번에는 시험을 제대로 보기로 했다. 내 권유도 있었고 지난번 중간고사로 집에서 난리가 난 것 같았다.

"잘 봤어. 걱정하지 마."

날 안심시켜주듯 따뜻하게 말했다. 앞으로 넘어온 내 머리를 뒤로 넘겨주었다.

"이제 갈까? 가방 다 쌌어?"

"응, 이제 가면 돼."

"잘 보긴, 이번에도 한 줄로 찍었다며?"

하건우는 이번에도 끼어들었다. 하지만 바로 무시할 수 없는 내용이었다. 난 일순 재의 말이 거짓이길 바라는 표정을 지었다. 그게 읽힌 걸까. 찡그려졌던 은원이의 낯은 곧바로 반듯하게 펴졌다.

"…그걸 네가 어떻게 알아? 보고 하는 말은 아닌 것 같은데."

난 은원이의 편이 되어줄 수 없었다. 어떤 게 진실인지 모르니까. 하지만 원하는 입장은 있었다.

"은원이가 했다는 증거도 없으면서 그런 말 하지 마. 끼어들지도 말고."

그 말에 반응한 건 하건우가 아니었다.

"시영아"

내 한쪽 팔을 살짝 잡아 끌어당기고 고개를 푹 숙였다.

"미안해."

속삭이듯 말했으나 주위 아이들은 대부분 이 대답을 들었다. 점점 쳐다보는 시선들이 늘기 시작했다. 반 전체가 우리들의 싸움에 휘말리고 있다.

"아니, 남친이 거짓말을 하는데 친구로서 알려줄 수도 있지 않나?"

은원이는 말없이 내 가방을 들었다.

"가자, 더 이상 들을 필요 없어."

소리는 점점 죽어갔다.

"잠시만. 너 지금 나랑 같이 나가면 이야기해 줄 거야? 왜 그랬는지."

내 말에 은원이는 아무 말 하지 않았다. 이해하고 싶다. 어떤 이유든 말해만 주면 납득하려 노력할 것이다. 타당하든 아니든 은원이의 선택은 틀리지 않다고 옆에서 같이 주장할 것이다. 그런데 이런 식으로 나오면 끝이 없다. 이렇게 궁지에 몰린 상황에서도 은원이는 자신이 틀리지 않았다는 표정을 하고 있다. 그 점이 마음에 들어서 좋아했는데, 막상 당해보니 너무 괴롭다. 날 기만하는 것 같다.

"말 못해."

"하지만 나중에 니가 이 이야기를 들으면 받아들이게 될 거야."

저 확신은 대체 어디서 나오는 걸까.

"그럼 따라가지 않을래."

내 말에 모두가 입을 벌렸다. 한 사람, 내 눈앞에 서 있는 애인 빼고.

"그래. 그럼 시영이 넌 내 편이 아니라는 뜻이지? …역시 시험을 잘 치는 편이 나았으려나."

무슨 소리인지 이해할 수 없었다. 게다가 뒷말은 옅게 번져서 들리지도 않았다. 가방을 그대로 책상에 내려놓더니 몸을 돌려 교실을 나갔다. 나 이제 끝인가. 사귄 지 1년도 안 넘었는데. 내가 여기서 뭘 더 어떻게 해야 하지. 이렇게 아무것도 모르는 상태로 헤어져도 괜찮나? 바닥에 주저앉았다. 서러웠다.

"뭔데, 아무것도 안 알려주고. 멋대로 하는 건 너잖아. 넌데 왜 내가 이래야 해."

무릎을 팔로 감싼 채 얼굴을 푹 박았다. 목소리가 뭉개져 누군가 들어도 알아들을 수 없을 정도였다. 고개를 들지 않아도 알 수 있었다. 분명 모두 날 쳐다보고 있겠지. 실연의 아픔을 직접 보는 경우는 흔치 않으니까, 꽤 재미있는 눈요깃거리일 것이다. 은원이라면 이런 이별 방식을 선택하지 않을 거라 생각했다. 좀 더 예의 있고, 친절한 방식으로 떨어짐을 정의해줄 줄 알았다. 하지만 내게 주어진 건 갈기갈기 찢긴 생것의 현실이었다. 이것도 전부 내가 마음대로 은원이를 정의한 결과겠지. 그때였다. 누군가가 내 발을 툭 건드린건.

"야…. 미안. 이렇게 될 줄…"

난 곧바로 일어나 하건우의 복부를 때렸다.

"야, 미쳤냐? 죽으려고 아주 작정했지? 목숨이 여러 개냐?"

분이 가라앉지 않았다. 얘만 없었으면 아무 일도 없이 흘러갔을 텐데.

"너 때문에…!"
"야, 너도 알잖아. 어차피 알게 된다는 거. 늦게 알아차리는 건 사건을 방임하는 것뿐이지 해결책은 아니야."

올바른 말이다.

"그리고 우린 이 악물고 성적 챙기는데 쟤는 그런 거 없다고 마음대로 하잖아. 그것도 마음에 안 드는거 아니야?"

얘는 늘 맞는 말만 했다.

"그래도 오늘은 행복할 수 있었어. 나중에 충분히 준비되었을 때 이야기하면 상황이 바뀔 수 있었고. 네가 망친 거야."

나보다 훨씬 큰 키가 처음부터 거슬렸다. 난 절대 쟤 정수리를 보지 못하겠지. 저 높기만 한 머리엔 어떤 생각이 들어있을까. 난 미간을 째려보다가 가방을 메고 교실을 나갔다. 따라오는 소리가 들렸다. 길쭉한 다리로 걸어서 그런지 금방 내 옆으로 왔다.

"이제 헤어진 거야?"
"말 걸지 마."

휴대전화에서 알림이 울렸다. 확인하기 위해 화면을 올렸다.

하건우

말 걸지 말라고 해서

야

휴대전화를 바꾼 지 1년도 채 안 되었기 때문에 던질 수 없었다.

"그냥 저리 가라고 했다."

하건우

너 한은원 공부 잘해서 좋아했지.

난 고개를 돌렸다. 걔는 답지않게 진지한 표정으로 타자를 치고 있었다.

"이럴거면 그냥 말로 해."

하건우

안돼

말로 하면 누가 들으니까

"아 그래? 그럼 그냥 들으라고 해."

하건우

그게 다가 아닌데?

난 눈을 천천히 감았다가 떴다. 버스정류장에 도착해서 벤치에 앉았다. 하건우는 서서 채팅을 계속하고 있었다.

그거 말고 네가 싫어하는 이유가 있는 것 같은데

"적당히 해. 네가 뭔데 자꾸…."

넌 공부를 잘해야 하는 이유가 있잖아? 그런데
니 남친은 그런 게 없어서 더 화가 나는 거 아니야?

쉽게 공부를 포기할 수 있다는 선택지가 존재하는 거

그 자체가 싫어서 그런 거 아닌가?

머리 아팠다. 그만 생각하고 싶을 때마다 얘는 정곡을 찔렀다. 정말 그래서 은원이의 선택이 싫었던 건가. 며칠 전까지만 해도 사랑의 이유 운운하면서 그 결정이 싫었던 원인을 찾고 있었는데, 이렇게 간단한 거라고?

하건우

힘드냐?

내가 부모님이 없어서 가질 수 없게 된 선택권을 은원이는 가지고 있다는 점이 부러워서 이런 거라고. 내가 패배감과 벽을 느끼게 되면서 미운 감정이 싹튼 거라는 사실이 받아지지 않았다. 정리가 안 됐다.

어

간단하게 답했다. 옆에 서 있는 하건우를 힐끔 보니까 키보드를 두드리고 있었다.

하건우

사랑은 그냥 빠지는 거라고 내가 말했었지.
근데 싫어지는 건 대부분 이유가 있어.
넌 이번에 한은원의 단점을 하나 발견한 거야.

이유 있는 사랑하던 네가 이유를 하나 잃은 거라고.

뭔 말인지 알겠냐?

아니

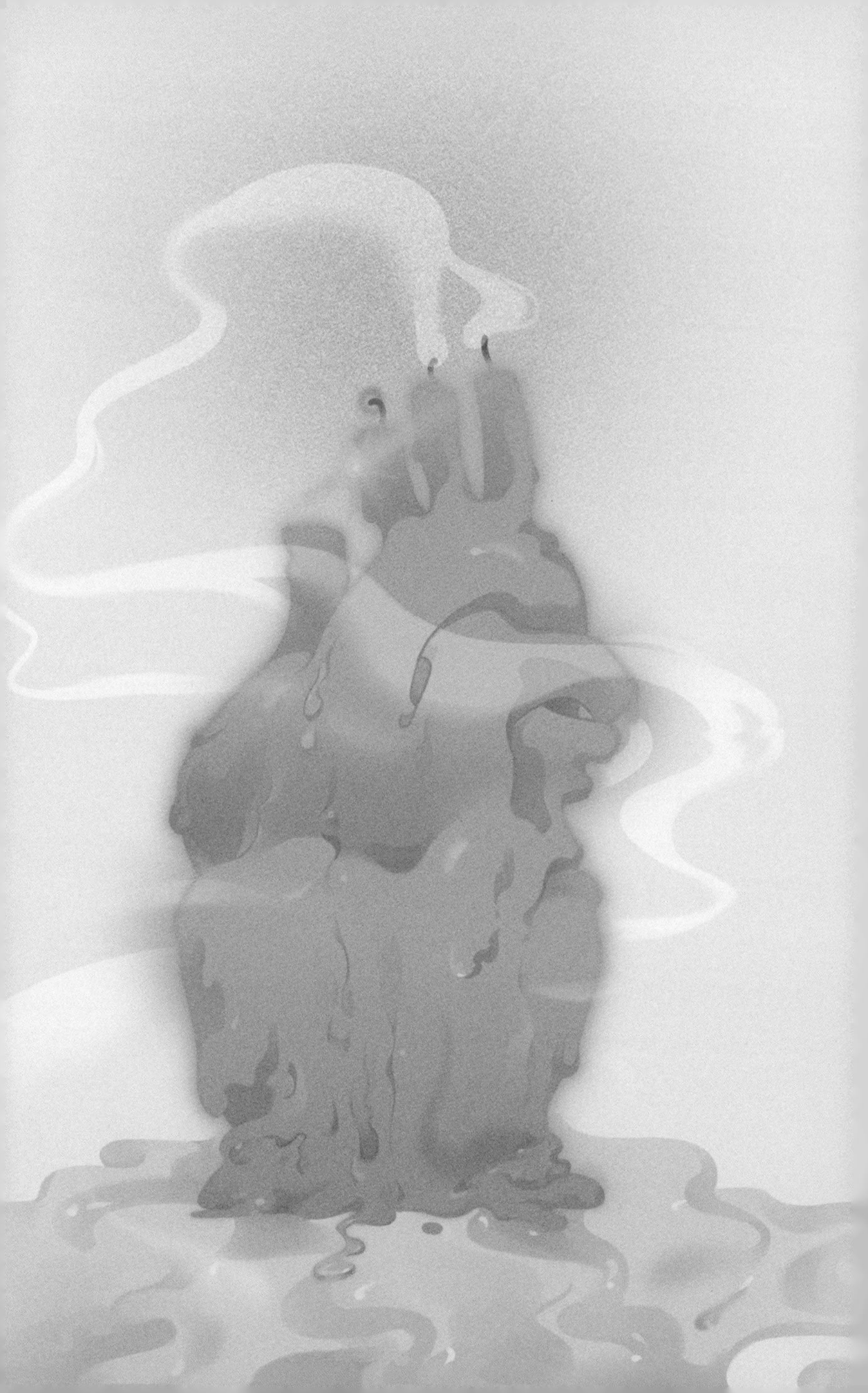

하건우와의 대화는 거기서 끝났다. 내 버스가 먼저 도착했기 때문이다. 머리가 과부하로 터질 것 같았다. 생각은 처음으로 돌아갔다. 이모네 집에서 살고 있지만 대학생이 되는 순간부터는 지원이 끊길 것이다. 그래서 좋은 성적을 받아야 한다. 동아줄이 아예 없는 건 아니지만 지금까지 봐왔던 모습을 생각하면 이모의 도움을 받고 싶진 않았다. 그래서 난 모든 연습을 실전처럼 임할 필요가 있었다. 그래서 지난 시험을 통으로 날렸을 때 경각심을 가진 채 임하자고 다짐했다. 하지만 은원이는 달랐다. 나보다 좋은 점수를 받을 수 있는 애였다. 그런데 그렇게 하지 않았다.

왜 그랬을까. 이해가 가지 않는다. 애초에 정말 내가 조건 없이 그 애를 대변해줄 수 있는 입장이긴 했나? 이유를 듣는다고 해서 변하는 게 있나? 내 손등을 꼬집었다. 아팠다. 이런 방식으로 현실임을 판단하는 게 참 웃겼다. 아, 그러고 보니 하건우는 지하철을 탔었지. 일부러 버스정류장까지 온 건가. 그냥 메시지 보낼 거면 안 따라와도 되는데. 실소했다. 아무도 듣지 못하게 중얼거리기까지 했다.

"처음으로 돌아가고 싶다."

정신이 흔들릴 일도 없ㄴ ... ㄹ리기만 하면 된다.

수학이 조금 약하지만 그래도 자신이 있다.

시간은 돌아가지 않았다. 시험이 시작하기 전 쓴 일기와 지금 쓰게 될 일기는 천차만별이다. 은원이에게 어떤 연락을 해야 할지 모르겠다. 이렇게 금이 갈 줄 알았으면 '역시 은원이의 말에 수긍할 걸 그랬나.'같은 생각마저 떠오른다. 내가 할 수 있는 말이 뭐가 있을까. 다이어리를 쓰다 보면 해결책이 나오지 않을까 했는데. 전혀 떠오르지 않는다.

FIN

[웅이♡]

알람이 울렸다. 난 미리보기 화면으로 문자 내용을 확인했다.

웅이♡
시영아.

헤어질거야?

5분 정도 멍때렸다. 답장할 자신이 없다. 이건 누구의 잘못이지. 이번에는 잘 보겠다고 해놓고 거짓말한 은원이? 개인 사정을 겹쳐서 보고 시기하는 나? 무엇이 되었든 저 말에 답을 해야 한다. 버튼을 눌러 들어갔다.

웅이♡

난 네가 날 믿어줄 줄 알았어. 내 말은 듣지 않고
실망만 하는 널 보니까 많은 생각이 들더라.
네게 그만큼의 사랑을 받지 못한다는 걸
미리 알아야 했는데. 내가 잘못한 거야.
네가 원하는 애인이 되지 못해서 미안해.

언제쯤 난 은원이를 이길 수 있을까. 어떻게 해야 내 마음이 전달될까. 천천히 문자를 보내기 시작했다.

은원아, 내가 널 못 믿은 건 미안해.

하지만 신뢰라는 건 일방적으로 이뤄질 수 없다고 생각해.

내게 비밀로 하고 싶었다면 적어도
거짓말은 하지 말았어야 하는 거 아니야?

글을 쓰다 보니 감정이 격해졌다.

웅이♡

미안해.

먹먹했다. 고조되었던 기분이 갑자기 다운되자 연결되어있던 근육들의 끈이 전부 끊어졌다. 전화기 너머 은원이는 분명 무관심한 표정일 것이다. 보지 않아도 알 수 있다. 걔는 뭐든 소유욕이 없었다. 무언갈 잃어버리더라도 쉽게 털어내고 다른 걸 찾는 편이었다. 이번에도 그럴 것이다. 날 대체할 무언갈 빠르게 찾겠지. 그리고 난 그걸 견디지 못할 것이다.

헤어지자.

하지만 이별하자는 말이 나온 순간부터 내가 해야 할 일이 무엇인지는 정해져 있었다.

웅이♡

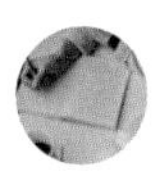

내가 질렸구나.

갈라지고 싶다는 사람을 잡아봤자 달라지는 건 없을 것 같아서 아니라는 말은 하지 못했다. 내 4년이 사라지는 기분이다. 조건 없는 사랑이 뭔데. 내 발목을 잡는 그 말은 결국 우리 사이의 틈을 만들었다. 7살 때부터 알고 지냈다. 그리고 4년 동안 짝사랑했다. 근데 그 기억을 모두 없었던 것처럼 취급하겠지. 그게 가능한가? 난 적어도 불가능했다. 액자를 오래 벽에 걸어두었다가 뗀 것 같은 흔적이 남을 것이다. 벽지를 난도질하거나 억지로 페인트칠하며 지울 수 있겠지만, 아려오는 손을 멈출 순 없을 것이다. 내가 어리다 못해 덜떨어진 사랑을 하는 건 아닌가 의심이 갔다. 그때, 덮어놓은 휴대전화에서 진동이 울렸다.

하건우

야. 이상한 생각하지 말고 자라.

너털웃음이 나왔다. 난 그 문자에 답하지 않고 곧바로 침대에 누웠다. 어두운 방 안에서 보이는 주황색 콘센트 불빛이 눈을 깜박일 때마다 흔들렸다.

DATE [ 06.28~30 ]

기말고사가 찾아왔다. 이 일기 또한 3일을 미뤄서 썼다. 이번에는 꽤 잘 쳤다. 점수가 큰 문제들은 대부분 맞혔다. 오히려 배점이 낮은 걸 틀려서 점수를 깎아 먹었다. 뿌리가 단단해야 하는데. 시험이 다 끝난 뒤 집에 와서 틀린 문제들을 다시 확인했다. 그냥 그렇게 시험은 지나갔다. 정말 아무 일도 없었다.

FIN

다이어리를 쓴 다음 한숨을 크게 내쉬었다.

"정말 아무 일도 없네."

내가 원하는 사건 같은 건 발생하지 않았다. 말을 건네주지 않을까, 적어도 눈빛이 마주치진 않을까 했는데 그런 일은 이뤄지지 않았다. 자존심 같은 거 다 버리고 먼저 말을 걸고 싶지만 이미 끝난 사이에 그런 짓을 하는 건 구질구질하다 못해 예의가 아닌 것 같았다.

한 달이 지난 지금. 이제 슬슬 이별을 실감해야 할 때가 왔다. 차라리 그냥 은원이에게 새로운 애인이 생겼으면 좋겠다. 그럼 미워할 수 있을 텐데. 질투로 이 상황을 넘기고 싶었다. 짓이겨진 마음을 채우는 방법은 그것밖에 없었다. 억지로 시기하며 감정을 통제하려고 노력하는 편이 지금보다 나을 것이다. 지금은 관리해야 할 감정 자체가 메말랐다. 은원이를 좋아하는 이유가 전부 사라졌다면 좋았을 텐데. 하건우는 계속 그냥 좋아할 수 있다고 했지만 그건 다 듣기 좋은 말에 불과한 걸 안다. 은원이도 날 좋아하는 이유가 있다고 했고. 그놈은 의외로 늙은이처럼 생겨서 연애를 못 해본 건가.
다이어리를 서랍에 넣고 닫았다. 이제 1년의 반이 지났다.

DATE [ 07.15 ] 

토요일마다 만나는 동아리 활동이 없었다면 난 주말마다 집에 박혀 있었을 것이다.

FIN

"그렇게 '나 힘들어요.'하는 표정 하고 있으면 어떡하냐?"

하건우는 휴식시간에 내게 다가와 말을 걸었다.

"미안. …나 때문에 분위기 망쳤네."

빠르게 사과하고 자리에서 일어났다.

"세수하고 올게."

이런 식이었다. 요즘 다른 애들이랑 주고받는 대화는 3번을 넘어가지 않았다. 민폐라는 걸 알면서도 그렇게 행동했다. 도무지 이성적으로 행동할 수 없었다. 얼굴을 몇 번 헹구곤 거울을 보았다. 뒤에 있는 연두색 타일은 때가 타 있었다. 신설 학교가 아니라서 건물들이 꽤 노후화되어 있었다. 그래서 찍는데 고생이 많다. 학교 축제에 틀 영상이라 학교 이름을 써둔 비석을 클로즈업하면서 시작해야 하는데, 비석이 낡아 더러웠다. 이걸 어떻게 해야 할지 고민하다가 연극부 모두가 그 비석을 닦기로 했다. 교장 선생님에게 칭찬을 듣긴 했지만 하나도 기쁘지 않았다.

"시영아, 뭐해?"

밖에서 걱정하는 목소리가 들려왔다. 가람이가 화장실 밖에서 물어보았다. 쉬는 시간이 끝났나 보다. 감독인 내가 없으면 촬영장이 돌아가지 않으니까 찾아온 거겠지. 미안한 마음에 바로 밖으로 나왔다.

"잠깐 세수했어. 나 때문에 기다렸겠다. 미안해"

괜찮다는 말을 여러 번 반복하는 가람이와 함께 촬영장에 갔다.

"다들 미안해. 나 때문에 기다리게 해서."

모두에게 고개를 숙여 사과했다. 다들 밝은 얼굴로 상관없다고 해줬지만 몇몇은 불쾌해 보였다. 나 같아도 저런 표정을 지었을 것이다.

"이제 14번째 컷이지? 해보자. 카메라는 이쪽으로…."

DATE [ 07.19 ] 

여름 방학식. 원래 워터파크에 가기로 했다. 아쿠아리움에 가거나 천문 과학관에서 시간을 보내고, 여름에 개봉하는 영화를 보기로 약속했다. ~~이럴 줄 알았으면 엄지라도 찍고 약속할걸~~. 은원이는 피부가 밝은 편이라서 다 같이 모여있어도 눈에 띄었다. 그래서 방학식이라고 강당에 모였을 때도 빠르게 찾을 수 있었다. 내가 있을 때보다 더 행복해 보였다. 친구들과 이야기하며 웃는 걸 보니까 마음이 저릿했다. 가슴에 흉을 지어도 방학식은 그렇게 쉽게 끝나나 했다.

FIN

"야, 반시영."

교장 선생님의 말씀이 다 끝나서 가방을 챙기려는데 말을 걸어왔다.

"왜, 하건우."

"너 이제 할 일 없지."

난 놈을 째려보다가 길게 숨을 내쉬며 답했다. 눈치는 빠른 놈이지만 할 말은 뻔히 보인다.

"왜. 뭐 놀러 가려고?"

"대충 맞긴 하고, 아닌 것 같기도 하고…."

어중간한 말에 난 조금 신경질적으로 물었다.

"쉽게 말해. 뭐 어떡하라고?"

말투가 생각보다도 더 거칠게 나왔다. 수습하려 입을 벌렸는데 이어진 걔의 말에 내 소리는 먹혔다.

"오늘 하루만 시간 내줄 수 있어?"
"내가 왜."
"오늘 딱 하루만. 그럼 방학 동안 연락 안 할게."

길게 고민했다. 내가 지금 이 제안을 승낙하면 어떻게 되는 거지. 애인이랑 헤어진 지 얼마 되지도 않았는데 다른 애랑 데이트하는 사람이 되는 건가. 갈아탄다는 소문이 돌지도 모른다. 그럼 또 욕하는 애들이 생기겠지. 그런 일은 사양하고 싶다.

"야, 다른 애들 눈치 보지 말고, 네가 하고 싶은 대로 해."

저놈은 늘 내 생각을 읽고 있는 것처럼 말했다. 그리고 내 생각대로 행동하라고 말하면 이렇게 답할 수밖에 없다.

"…좋아. 오늘 놀자."

하건우가 제안한 곳은 놀이동산이었다. 은원이와의 첫 번째 데이트가 떠올라 거부하고 싶었지만, 미리 티켓을 다 끊어둬서 안가겠다고 하는 것도 난처했다. 놀이동산에 뭐 맡겨둔 것도 아니고 왜 이렇게 집착하는지 잘 모르겠다. 우리는 교복을 입은 채 놀이동산 안으로 들어갔다. 방학이라 그런 건지 놀이동산 앞에 교복 대여점이 있어서 그런 건지는 몰라도 교복을 입은 사람들이 꽤 많았다. 우리는 그 안에 섞여 들어갔다. 자연스럽다고 생각했는데, 내가 간과한 점이 있었다.

"어! 그 <농구는 열정이다>의 그, 그 주연 아니세요?"

이 녀석은 영화까지 찍은 배우였다. 순식간에 사람이 몰렸고 난 구석에 빠져있었다.

"와, 연예인 처음 봐!"
"키 진짜 크다…."
"연기 못하지 않았나?"

다양한 내용의 말들이 순식간에 사람들 사이로 오갔다. 하건우는 첫 질문에 답했다.

"아, 네. 맞아요. 근데…."

그리고 내 눈을 보더니 씩 웃었다.

"친구랑 같이 온 거라. 사진은 자제 부탁드려요."

밝게 웃는 얼굴이 꼭 이렇게 하면 해결할 수 있다고 말하는 것 같았다. 저런 얼굴을 할 수 있는 애였구나. 연기할 때는 더럽게 못 하면서. 지금 내 시점을 영상으로 옮기면 좋은 장면이 나올 것 같았다. 그리고 상황은 정말 그대로 좋게 수습되었다. 우리는 그 자리를 쉽게 벗어나 기념품점에 들어갔다.

"…야, 너 인기 많다?"

내 말이 제대로 끝나기 전에 피식 웃었다.

"내가 좀? 인기가 있지."

재수없는 말을 하고 있지만 조금 씁쓸한 표정을 짓길래 등을 때렸다.

"너 생각보다 연기 잘해."

"다이어리에 욕이란 욕은 다 적어놓고 말만 그렇게 하면 다냐?"

우린 동시에 웃었다. 얼굴을 가릴만한 선글라스를 사고 줄이 짧은 놀이기구를 탔다. 단순히 즐거웠다. 다른 생각이 들어올 틈이 없었다. 매번 걸어오는 장난이 오늘따라 재미있었다. 방학이 시작되었다는 감각 때문인가. 어찌 되었든 최근까지 지속된 낮은 기분을 한 번에 끌어당길 수 있었다.

"다음은? 다음은 뭐 탈래?"

"당연히 바이킹 아니겠냐? 지금 딱 가면 줄이 없을 것 같은데. 바로 가자."

"고."

운 좋게 끝자리에 탈 수 있었다. 둘 다 놀이기구를

무서워하지 않아서 원하는 걸 전부 즐겼다. 비명도 시원하게 질러 속이 시원해지는 기분이었다. 마지막은 관람차라며 하도 졸라서 결국 탔다. 문을 잡고 들어갈 때 은원이와 했던 대화가 생각났다. …머리 조심해야지. 뻔한 고백을 하려나. 어떻게 거절해야 하지. 아직 전 애인을 잊지 못했다고 할까. 사실이지만 얘가 그렇게 순순히 받아주지 않을 것 같은데. 관람차가 돌아가는 시간을 계산하지 않고 거절하면 억지로 함께 있어야 하는 시간이 꽤 민망해질 것이다.

"오늘 재밌었다."

내가 대화의 서두를 가져왔다.

이러면 시간을 좀 벌 수 있겠지.

"그러게. 재미있었네. 힘들진 않았냐?"

걘 무심한 표정으로 창밖만 바라보았다.

"힘들긴, 정말 좋았어."

노을이 지는 시간이었다.

창밖에서 오는 쨍한 빛이 눈을 쏘았다.

"나도 좋았어."

말을 잘못 꺼냈다. 지금 쟤의 말에 들어갈 주어가 무엇인지는 명확했다. 그런데 뒷말이 따라붙지 않았다. 왜 다음 말을 하지 않는 건지 궁금해서 얼굴을 빤히 쳐다보았다. …믿을 수 없었다. 따갑던 노을은 붉은 얼굴을 가릴 수 있는 유일한 방법이었다.

"오늘은…."

"미안해. 우린 친구로 남자."

내 목소리가 조금 늦게 나왔다. 그러나 난 제대로 끝맺었다. 그래서 내 발언이 제대로 먹힐 수 있었다. 걔는 날 쳐다보지 않은 채 실소했다. 그 정도의 반응이었다. 처음 차일 땐 아무렇지 않게 행동하더니. 오늘은 조금 타격이 있었나 보다. 오늘 종일 보던 웃음 중 가장 먹먹했다. 물기가 있다거나 흔들리진 않았다. 단지 잠긴 듯한 소리와 붉어진 귀가 모든 걸 설명해주고 있었다. 자신의 얼굴을 몇 번 쓸어내리더니 고개를 푹 숙였다. 앞머리는 흔들리는 눈을 가려주었다.

우리는 직원의 안내에 따라 관람차에서 내렸다. 그리고 아무 말 없이 지하철까지 걸어왔다. 사람들이 많았다. 그래도 서로의 목소리가 들릴 정도의 거리였다. 둘 다 휴대 전화를 보지 않은 채 스크린 도어에 비친 모습을 살폈다. 아니 정확히 말하자면 걔는 유리를 통해 날 바라보았다. 어색하다. 시간을 되돌리고 싶다. 오늘 오전에 안된다고 답할걸. 그럼 내일은 잘 지낼 수 있지 않았을까. 방학 때 연락하는 것도 사실 상관없었다. 걔는 이제 내 친구였으니까. 처음에는 은원이랑 날 방해하려고 안달난 사람처럼 보였지만 내가 힘들 때 방향을

제시해준 건 얘밖에 없었다.

「이 역은 전동차와 승강장 사이가 넓으니….」

안내 방송이 들려왔다. 나는 앞으로 살짝 걸어갔다. 그러자 걔는 내 등 뒤에 서서 이렇게 말했다.

"오늘은 내 생일이야."

난 곧바로 뒤를 보려 했지만, 걔의 두 손은 내 어깨를 꽉 붙잡고 있었다.

"그래서 한 번 용기 내봤어. 이미 알고 있는 결과지만 조금…. 직접 들으니까 힘드네. 오늘 하루 정말 좋았어. 방학 끝나고 다시 보자."

난 지하철에 탔고, 걔는 승강장에 남았다.

DATE [ 07.21 ]

'그럼 방학 동안 연락 안 할게.'라는 말이 이렇게 돌아올 줄 몰랐다. 물론 사귀자고 말하면 거절했을 것이다. 그럼 다시 친구가 되긴 어렵다는 걸 알지만, 그래도 딱 잘라 연락하지 말자는 말을 하니 뭔가 서운했다. 하지만 이런 마음을 갖고 고백을 받아줄 순 없었다. 지하철을 타는 그 순간에도 난 은원이를 생각하고 있었으니까. 그땐 앉아서 돌아갔는데, 이번에는 서 있네. 같은 소소한 생각들이 하건우와 떨어지자마자 몰려왔다. 인제 그만 잊고 싶다. 하지만 그걸 해결하기 위해 건우를 이용하는 건 싫었다. 서로에게 독이 될 뿐이다.

"야. 휴대폰 그만하고 밥 먹으러 나와!"

글을 쓰고 있는데 사촌이 내 방을 쾅쾅쾅 두드리고 갔다. 성격 참…. 평소에 먹던 양보다 조금 적게 깨작거린 다음 방으로 돌아갔다. 이모도 내 상황을 알고 있었다. 7살 때부터 알고 지낸 사이니까 모르는 편이 더 이상했다. 책상에 앉아 휴대폰을 켰다. 마지막으로 구질구질해지자는 결론이 나왔다. 건우의 고백을 듣고 마음이 초조해졌다. 나도 생일이 되면 이 말을 할 용기가 생길까. 아니다. 그건 건우가 용감했기 때문이다. 난 용감하지 않지만, 이 상황을 버틸 만큼의 힘이 없었다. 그 메시지를 마지막으로 연락 없이 한 달이 넘게 지났다. 그러나 난 아직 걔를 잊지 못했고, 마음속의 정리가 안 되었다. 걔는 벌써 끝냈을까. 다시 생각해보아도 사랑에는 무게가 있다. 그래서 난 을이 되는 게 맞다. 이런 상황에 먼저 연락하는 '을'이 되어야 한다.

[웅이♡]

까먹고 저장명을 바꾸지 않았다. 난 마음의 준비를 하고 전화 버튼을 눌렀다. 연결음은 길게 이어졌다. 다행히도 내 전화번호를 차단한 건 아닌가 보다. 5번째 연결음이 들려왔다. 안 받는구나. 예상했다. 전에도 전화 걸지 말라고 했으니까. 이럴 것 같았다.

"…왜 전화했어."

부정적인 생각이 뇌를 잠식하고 있는데 갑작스레 목소리가 들려와서 놀랐다. 그리고 이에 대한 대답을 꺼내기 어려웠다. 제일 먼저 돌아올 질문이라는 걸 알았다. 준비도 제대로 했다. 하지만 뇌를 녹이는 것 같은 열감에 뭐라 말하기 어려웠다.

"왜 대답이 없어. 시영아."
"아, 응. 뭐하나 해서."

"…돌려 말하지 말자."

손이 자꾸 떨려서 스피커폰 상태로 바꿨다.

"은원이 네 목소리가 듣고 싶었어. 그래서…. 전화했어."

말도 안 되는 이유였다. 헤어진 상대의 목소리가 듣고 싶다고 전화하는 옛 애인은 옛날 뮤직비디오에나 나올 법한 인물 아닌가. 전화기 너머로 한숨 소리 비슷한 게 들렸다.

"들으니까 어때?"

은원이의 목소리는 나와는 달리 부드러워서 늘 안정감이 있었다. 아무리 긴장되는 순간에도 음정만큼은 엇나가지 않았다.

"부러워."

내가 지금 무슨 말을 한 거지? 은원이는 대답이 없었고, 말한 나도 놀라 입만 벌리고 있었다.

"그게 무슨 뜻이야?"

빨리 대답해야 한다는 걸 알았지만 단어를 잃어버렸다. 그 탓에 목 끝에서 나오는 소리는 '음, 아.' 정도밖에 없었다.

"…끊어도 될까?"
"아니, 나…. 계속 후회하고 있어."

첫 장을 넘겼다.

"우리가 어떤 이유로 헤어졌는지 몇 번이나 곱씹어봤어. 그게 다 내 잘못인 것 같더라. 그래서 난 다시 시작하고 싶었어. 내가 그때 널 조금 더 믿어줬다면 어땠을까. 다른 애들의 말 따위 듣지 않고 온전히 네 말을 신뢰할 수 있었어야 했는데. 그깟 시험이 뭐라고. 시간을 돌려 처음부터 다시 시작하고 싶다는 상상을 했어. …그런데 넌 이렇게 생각 안 할 것 같아.

나랑 같이 있었던 시간을 빠르게 잊고 그 이후를 위해 계획을 세울 거지? 네가 신발 끈을 묶는 동안 난 몸을 웅크리고 있을 테니까. 너는 이대로 우리가 헤어진 걸 후회하지 않고 나아갈 거잖아. 왜냐면 넌 그럴 수 있는 사람이니까. 굳건하고 당찬 사람. 그게 너니까. …그래서 부러워. 난 이제 네 족적을 하나하나 살피면서 남아있지도 않은 온기를 느낄 텐데. 넌 새로운 사람을 만나겠지. 지금껏 그래왔던 것처럼. 그래서 난 널 피해 다닐 거야. 아니지. 정확히 말하면 이제 우리는 친구조차 될 수 없는 사이가 되었으니까. 마주쳐도 눈을 돌려야겠지."

순서도 맞지 않고 느린 말을 전부 토해냈다. 해도 되는 말과 안 되는 말들이 섞여서 나도 무슨 말을 한 건지 잘 모르겠다. 은원이는 뒤죽박죽인 내 말을 전부 들은 뒤 이야기를 꺼냈다.

"시영아, 네가 착각하고 있는 게 있어."
"…뭔데?"
"나도 시간을 돌리고 싶었어. 헤어지는 게 싫었거든."

이제 슬슬 식은 얼굴에 땀이 맺히기 시작했다. 이해는 되었다. 받아들이는 게 느려서 그렇지. 눈이 커졌고 스피커가 켜진 상태의 휴대전화를 집어 들어 귀에 가까이 댔다.

"그게 무슨 의미야?"

난 한 번 더 확인할 필요가 있었다. 대답이 없는 네 표정을 읽을 수 없으니까.

"다시 사귀자는 뜻이야?"
"응. 난 처음부터 너랑 헤어지기 싫었어. 네가 질려하는 줄 알고, 포기한 거지."

믿을 수 없었다. 뇌가 녹아 머리카락과 뒤엉켰다.

"전화해줘서 고마워. 안 그랬으면 이렇게 해결 안 됐을 텐데. 지나간 방학이 아깝네. 우리 봐야 하는 영화 기억해?"

몰려왔다. 인제 그만 잊고 싶다. 하지만 그걸 해결하기 위해 건우를 이용하는 건 싫었다. 서로에게 독이 될 뿐이다.

우린 다시 사귀기로 했다. 이렇게 간단히 끝날 일이었다면 괜히 질질 끈 거 아닌가 싶다. 과거의 나를 때리고 싶다. 그럼 디데이를 7월 2일로 잡아야 하나? 뭐, 나중에 물어보면 되겠지. 어쨌든 다시 연애 다이어리로 돌아왔다.

FIN

DATE [ 08.10 ]

2학기 개학식이 있는 날이다. 곧바로 숙제를 내주는 과목도 있었지만, 대부분 1학년이라 풀어줘도 괜찮다는 분위기였다. 자리를 변경했고 내일 반장과 부반장을 뽑는다는 공지를 들었다. 나는 운이 나쁘게도 제일 앞자리에 걸렸다. 내 짝은…. 은정이었다. 그래도 남을 배려할 줄 알고 친절한 애라서 저번에도 좋게 지냈는데 다행이다. 건우는 내 대각선에 앉았다. 다행이다. 걔의 표정을 보고 싶지 않았다. 난 이기적이라서 남의 상처를 깊게 들여다볼 줄 모른다. 만약 보게 되어도, 아물어지는 약을 줄 수 없다. 난 그럴 능력도 없었고 필요성조차 느끼지 못했다.

FIN

"아직도 다이어리 쓰고 있어?"
"아, 응. 기억하네?"
은정이는 궁금해했지만, 다이어리를 건드리지 않았다. 일부러 고개를 살짝 돌려준 상태로 물어보길래 난 살짝 웃었다.

"봐도 돼. 짠!"
하며 겉표지를 보여주었다. 칭찬이 쏟아졌다. 밝은 얼굴로 좋은 말을 연달아 들으니 나도 기분이 좋았다.

"아, 오늘 반장선거 날이네. 시영이 넌 누구 뽑을거야?"
"나? 나는…. 그냥 공약 보고 뭐, 대충 뽑으려는데. 왜? 은정이 너 나가?"
"…응. 혹시 나 뽑아줄 수 있을까?"
"아, 당연하지. 뭘 그렇게 조심스럽게 말해."

DATE [ 08.11 ]

은정이가 반장이 되었다. 내게 부탁하지 않았어도, 충분히 표를 받을만한 모범적인 아이니까 당연한 결과다. 부반장은 의외였다. 건우가 그런 감투를 좋아하는지 몰랐다.

FIN

전학 때문에 1학기 반장선거에 못 나간 게 아쉽다고 말하곤 공약에 관해 이야기했다. 2학년이 되면 학생회장을 하려나. 아니면 부회장? 뭘 해도 잘할 것 같았다. 연기 빼곤 다 봐줄 만한 애니까. 인기도 많고 쉽게 당선되겠지. 어쩌다 배우가 될 생각을 했을까. 안 어울리는데.

"야, 그게 뭔 소리야."

장난스러운 건우의 목소리가 들렸다. 내가 지금 속마음을 입으로 말했나? 뒤를 휙 돌아봤다.

"내가 무슨 모델도 아니고 그렇게 클 리가 있냐?"
"그래도. 그 정도면 모델도 할 수 있는 거 아니야?"

내가 아닌 다른 애와의 대화였다. 그렇겠지. 당연한 일인데 뭔가 답답했다. 차가운 거품이 가라앉았다. 드러난 건 보석같이 빛나는 값진 기억이 아니었다. 작은 돌덩이 같은 흔적조차도, 심지어 흙이나 먼지처럼 스쳐 지나간 만남도 아니었다. 그저 텅 비어있을 뿐이었다. 아무것도 존재하지 않아서 오히려 냉정해졌다. 이젠 숨죽이고 바라봐야만 한다. 그게 모두를 위한 선택이었다. 난 다시 고개를 돌려 내가 하던 일을 했다. 국어 문제는 늘 날 헷갈리게 했다. 화자의 마음은 알기 어려웠다. 지금 당장 내 주위 사람들의 의중도 모르겠는데 글로 적힌 일부분을 보고 그 사람의 마음을 읽어내야 한다니. 힘들다. 그중에 정답이 있다는 게 가장

난해했다. '준수가 연주에게 고백한 이유를 맞추시오.' 누가 사랑에는 이유가 없다고 했는데. 이 문제를 보고 어떤 생각을 할까. 문제 위에 동그라미를 막 그리고 있을 때였다.

"시영아, 고마워."

은정이였다.

"에이 뭘, 내가 없었어도 뽑혔을걸? 고마워할 필요 없어."

은정이와 나는 웃으며 대화를 나눴다. 시선은 하나도 느껴지지 않았다. 정말 하나도.

DATE [ 08.12 ]

토요일은 동아리 영상 제작 때문에 학교에 모여야 했다.

"그럼 찍자. 이쪽으로 오고. 넌 그쪽으로 가서 서 있으면 돼."

건우를 보고 말해야 해서 꽤 민망했다. 안 그래도 나 때문에 촬영하는 애들이 지금까지 고생했는데, 또 내 개인 사정 때문에 분위기를 다운시키기 싫어서 아무렇지 않은 척했다. 그게 건우에게는 더 상처가 될 거라는 건 알고 있었으나 어쩔 수 없었다. 그게 거절이니까.

"응, 알겠어. 여기 말하는 거 맞지?"

건우도 특별한 행동을 하지 않았다. 내게 장난을 걸진 않았지만 그렇다고 쌀쌀맞게 대하진 않았다. 그래, 이 정도가 적당했다.

"오늘은 빨리 끝났네?"

준호의 말에 난 고개를 끄덕였다.

"그러니까. 생각보다 일찍 끝났다. 이제 90% 정도 찍었고. 어서 완성하고 싶어. 편집하는 애들이 고생 덜하게 빨리 넘겨줘야지."

맞는 말이라며 다들 고개를 끄덕였다. 가만히 서 있던 건우는 옆에 있는 수호에게 말을 걸었다. 작은 소리가 아니라서 다 들렸다.

"촬영 끝나면 우리는 안 모이는 거야?"

"그렇지?"

그리고 수호는 날 보았다.

"시영아, 우리 촬영 끝나면 따로 모일 일 없지?"

질문이 나한테 돌아올 줄 알았으니까 딱히 당황하진 않았다.

"응, 영상 완성하기 전에 다 같이 모여서 수정할 거 확인하는 거. 그거 한번 빼면 없어."
"에이, 그게 다면 어떡해?"
준호가 끼어들었다.

"그래도 다 만들면 같이 뒤풀이라도 해야지!"
"그건 맞지. 얼마나 힘들었는데. 비석도 닦았잖아!"
"뒤풀이하자! 재미있을 것 같아."
모두 한마음 한뜻으로 말하기 시작했다. 나도 찬성이었다. 어색하게 웃고 있는 건우를 보기 전까진. 건우는 촬영하면서 연기 실력이 늘었다. 화면에 담기는 표정의 근육을 쓰는 방법을 알았고, 엇나가는 음정을 붙잡는 법을 익혔다. 하지만 지금 같은 상황을 모면하는 방법은 아직 알지 못했다. 대놓고 싫다는 티를 내거나 인상을 찌푸리진 않았지만, 미간에 힘이 들어가 있었다. 손끝도 살짝 떨리는 게 자세히 보기만 하면 거짓말을 하고 있다는 걸 쉽게 알 수 있었다.

"재밌겠다. 그때 가서 일정 정하면 되겠네."
나는 눈이 마주칠까 봐 건우를 보고 있던 시야를 밖으로 보냈다. 다들 기분 좋게 웃고 있어서 다행이었다. 조용한 분위기였다면 우리의 관계를 읽어내기 쉬웠을 것이다.

"…그럼 오늘도 수고 많았어. 다음다음 주에 또 만나고."

다들 작별 인사를 하며 헤어졌다. 같이 버스정류장까지 걸어가는 친구는 몇몇 있었지만 다 다른 버스를 탔다.

하건우

오늘 촬영 수고 많았어

이어지는 메시지는 없었다.

응, 수고 많았어.

내가 주연이니까 제일 고생했다거나 깐깐한 감독 밑에서 일하느라 힘들었다 같은 말은 나오지 않았다. 당연하다. 하지만 그런 말을 기대하고 있었다. 난 친구로서 건우를 좋아했다.

그런데 너

언제까지 나 피할 거야?

읽음 표시가 떴는데 5분 동안 답장이 없었다. 나 같아도 답장하기 어려운 내용이긴 했다. 나를 찬 상대방이 피하지 말라고 하는 건…. 다시 생각해보니까 쓰레기 짓을 한 것 같다. 벌써 읽어버려서 지워도 효과가 없다. 괜히 이런 문자를 보냈다며 자책하고 있을 때였다.

하건우

야

너, 다이어리 아직도 써?

뜬금 없는 말을 꺼내는 건 여전하구나 싶었다.

쓰고 있는데 왜

이번에도 꽤 길게 답장이 오지 않았다. 타자가 느린 편도 아니면서 답이 오지 않는다는 건 할 말을 가다듬고 있다는 뜻이겠지. 어떤 대답이 올까. 상상이 안 갔다. 날 피하는 거랑 다이어리랑 무슨 상관이람.

하건우

다시 한번 보여줄 수 있어?

뭐?

니가 한 말 기억 안 나?

누구한테도 보여주지 말라고

심지어 너한테도 보여주지 말라며

하건우

마음이 바뀌었어.

딱 한 번만 더 보여줘.

그럼 나 안 피할 거야?

하건우

응

토요일은 동아리 영상 제작 때문에 학교에 모여야 했다.

내일 다이어리를 보여주기로 했다. 찢어버리는 건 아니겠지. 걱정은 되지만 건우랑 사이가 나빠지는 것보단 나으니까….

FIN

"안녕."

"언제 왔어? 내가 더 가까운데."

"온 지 얼마 안 됐어. 10분 정도?"

"그 정도면 많이 기다렸네. 연락하지."

8월 13일 일요일. 우리는 학교랑 가까운 카페에서 만났다.

어색할 것 같아서 걱정했는데, 쓸데없는 걱정이었다.

"일단 마실 것부터 시켜. 뭘 좋아하는지 잘 몰라서 미리 못 시켰어. 미안하다."
"아, 괜찮아. 나 취향 까다로워서 미리 시켰으면 많이 못 마셨을 듯. 오히려 잘됐네."
　카운터로 걸어가 여러 가지를 추가한 커피를 한 잔 시켰다. 자리로 돌아가지 않고 커피가 나오길 기다렸다. 손님이 우리밖에 없어서 금방 나왔다.

"감사합니다."
　자리로 돌아가서 건우의 맞은편에 앉았다.

"오늘 덥네."
　곧바로 이야기를 꺼내기 뭐해서 말을 돌렸다.

"그러게. 어제도 더웠지만, 오늘이 특히 더 덥다. 미니 선풍기 살까 말까 고민돼."
"선풍기? 나도. 내 방에 에어컨이 없어서 책상에 올려두고 사용하고 싶은데 꽤 비용이 나간단 말이지…."
"오래 사용할 거니까 좀 좋은 거 사야 하고."
"그니까. 근데 넌 의외다? 이런 말 조금 그렇지만…. 좋은 집에서 사는 거 아니야?"

"이거 참, 편견에 가득 찼네. 너 지금 내가 영화에도 나온 배우니까 돈 많이 벌 거로 생각하는 거지?"

들켰다.

"통장을 내가 관리하는 게 아니라서 너희랑 소비 수준은 비슷해."
"아, 그래? 뜻밖이네."
"참 나, 어이가 없어서."

건우는 장난스럽게 한숨을 쉬었다. 난 그걸 보며 작게 웃었다.

"너 처음 봤을 때 난 어른인 줄 알았어."
"언제? 아, 그 교회?"
"어어, 그 교회. 머리를 이렇게 넘겼던가?"

머리를 쓸어올리며 물었다. 그러자 건우는 똑같이 가르마를 만들었다.

"이렇게."
"아, 맞아 그렇게! …근데 그때 왜 교회 다니냐고 물어본 거냐?"
"그거? 그냥 관심 있어서. 다가가고 싶었거든. 근데 네 반응이 웃기길래 장난 좀 쳐봤지. 뭐, 도망갈 줄은 몰랐지만."
"참 나. 관심은 무슨"
"진짜거든. 내 말은 진짜 안 믿네."
"…근데 내가 왜 못 알아봤을까. 나도 봤거든. 〈농구는 열정이다〉"
"아, 그래?"

자몽 에이드를 한 모금 마시더니 조금 진지한 표정을 했다.

“사실 나…. 다음 촬영 들어왔어.”
“뭐?”
너무 크게 외쳤나? 직원들이 우리를 힐끗거렸다.

“어떤 건데? 영화?”
“아니. 웹드라마. 이번에는 조연이야. 어쩔 수 없지. 영화를 말아먹었으니까.”
“그렇구나….”
그 외에도 이것저것 방학 동안 뭘 했는지 이야기를 나눴다. 1시간 정도 됐나?

“그래서 다이어리는 왜?”
건우는 내가 먼저 이야기를 꺼낼 수 있게 기다려줬다.

“그게….”
다이어리가 들어가 있는 내 에코백을 힐끔 보더니 입을 벙긋거렸다. 무슨 말을 하려고 이러는 걸까. 난 재촉하지 않았다.

“…내가 사욕을 채우기 위해서 널 이용해도 돼?”
“…뭐?”
이해가 안 됐다. 머릿속에 말이 들어오지 않았다. 문장

자체는 알겠는데 그게 무슨 의미인지 전혀 모르겠다.

"난 도저히 포기 못할 것 같아서."
"잠깐만, 나 진짜 이해가 안 가서 그런데 다이어리가 뭔 상관인데? 내 다이어리에 연기 느는 방법 같은 건 안 적혀있거든?"
"그런 게 아니야."
"그럼 뭔데."
건우는 내 앞에서 크게 한숨을 쉬었다.

"이 다이어리, 시간을 돌릴 수 있어."
뭔…. 정말 어림도 안 되는 소리를 하니까 웃음이 나왔다.

"야, 아주 그냥 하늘을 날 수 있다고도 말하지?"
"진짜야. 저번에 내가 한 번 본 적 있잖아. 그때 시간이 되돌려졌어."
너무 진지한 표정으로 말해서 웃겼다.

"야, 그런 장난 초등학생도 안 해."
"하, 야. 넌, 진짜."
숨을 쪼개가며 말했다. 난 그 모습이 웃겨서 낄낄거렸다.

"내가 무슨 '헉! 정말? 그런 놀라운 일이?'이럴 줄 알았냐?

우리 이제 고1이야. 아, 넌 아직 중2인가?"

"야. 다이어리 꺼내. 내가 보여준다."

아이고? 날 웃기고 싶어서 환장하는구나 싶었다. 나는 곧바로 다이어리를 꺼냈다. 수많은 페이지 중 한 부분이 접혀있었다. 5월 27일, 같이 영상을 촬영할 때였다.

"이 부분 말고."

건우는 접힌 부분은 보지도 않고 어제 일기가 적혀있는 페이지를 펼쳤다.

"접어봐."

"난 내 일기 주인인데."

날 노려보았다.

"……알겠어. 접으면 되는 거지?"

페이지는 접혔다.

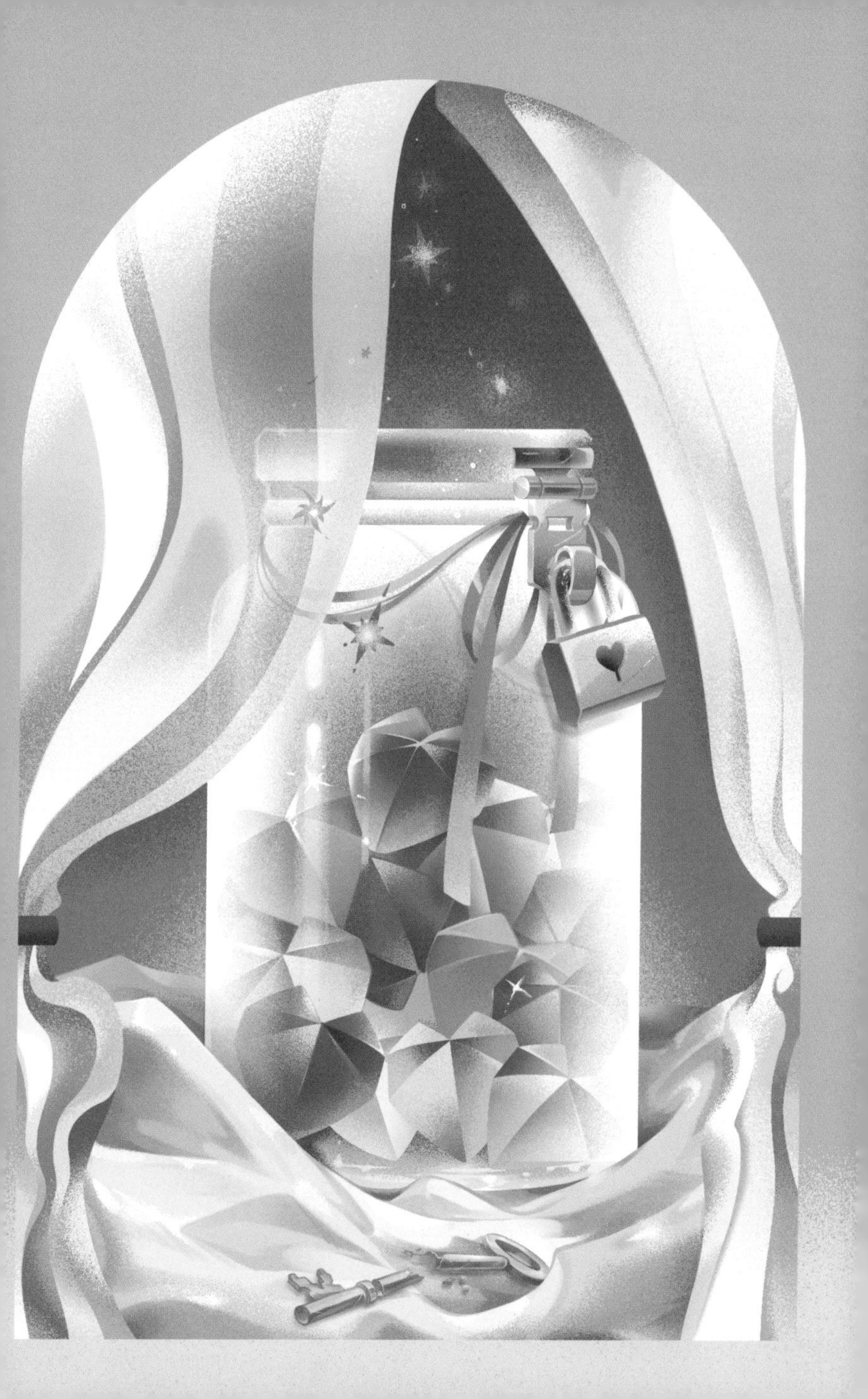

시원한 느낌이 들었다. 바람이 불어오고 몸이 붕 뜨는 감각이 날 감쌌다. …에어컨 바람 때문에.

"야. 죽을래? 시간을 돌려? 뭐라고 했냐?"

건우는 충격받은 표정으로 날 봤다. 연기 잘하는데?

"이대로만 하면 너 이번 웹드라마 성공하겠다."

"잠시만, 내가 접어볼게!"

건우가 접어도 똑같았다. 그냥 다이어리의 귀퉁이에 자국이 남았을 뿐이다.

"너…. 지금 어떤 생각 하고 있어?"

"말했잖아. 너 웹드라마 성공할 것 같다고."

"아니, 그거 말고. 이걸 뭐라고 설명해야 돼…."

다이어리 이야기가 나온 이후부터 음료에 손을 전혀 대지 않았다. 손을 쥐었다 폈다 하며 불안한 티를 내더니 공중을 멍하니 보았다. 미쳤나? 이제 진지한 분위기를 넘어서서 진심인 것 같았다.

"그때랑 지금이랑 변한 게 뭐지…?"

건우는 중얼거렸다. 난 그제야 상태가 이상하다는 걸 깨달았다. 왜 이러는 거지. 요즘 유행하는 프로그램의 깜짝 카메라 같은 건가…? 자기 친구를 속여라. 이런 주제로 내용을 만들 수도 있고, 어쨌든 가능성은 다양했다.

"하나 빼고."

"어?"

"너 진짜 왜 그래? 내 다이어리에 마법이 걸려있다는 게 말이 돼?"

"하지만…."

점점 눈에 망설임이 차기 시작했다. 확신하고 있던 하나의 사실이 무너져내렸으니까 당황할 수밖에. 대전제가 틀렸는데 시작할 수 있을 리가 없다.

"그리고 내가 돌릴 수 있었으면 진작에 돌렸지."

이건 진심이었다.

"하지만 네가 만든 규칙을 따라서 하니까 시간이 돌아갔어. 시영아, 진심이야."

팔자 눈썹이 된 채 말했다. 끝이 막 떨려서 내가 더 위축되었다.

"이건 엄마의 일기를 따라 한 거라서 그런 거야. 내가 만든 게 아니라고."

난 대화의 끝을 선고했다. 장난 같은 대화는 그만하고 싶다는 뜻이 담겨 있어서 그런지 더 딱딱하게 들렸다.

"어머니가 일기를 쓰셨어? 그럼…."

"그만."

"네 힘이 아니라…."

"그만하라고."

"…."

사람들이 몇몇 들어와 가게를 채우기 시작했다. 난 자리에서 일어나기 위해 다이어리를 에코백에 넣었다.

"그럼 난 어떡해…? 나, 난."

아무 대꾸하지 않았다. 쳐다보지도 않고 자리에서 일어났다. 이 이상 놀아줄 기분이 아니었다. 그런데 건우는 내 반소매를 붙잡았다. 난 쳐내려고 했다. 하지만 보고 말았다. 서 있는 그 상태로 눈물을 방울방울 흘리고 있는 그 눈을 마주쳐버렸다. 난 너 좋아해. 방학 내내 생각했어. 말하지 않아도 들렸다. 얼굴을 찌푸리지 않은 채 떨어지는 슬픔에 나는….

"……따라와."

우리는 카페를 나와 근처 놀이터로 향했다.

"진정했어?"
"아니."
건우다웠다. 나는 기다렸다. 건우가 내 말을 기다려줬을 때처럼. 훌쩍거리는 소리가 몇 번 들리고 목을 큼큼 푸는 소리가 들렸다.

"…고마워."
"알면 됐어."
한숨이 푹 나왔다. 건우가 눈물을 멎는 동안 난 생각을 정리했다.

"그래서, 시간을 돌려서 고백하기 전으로 돌아가려고 한 거야?"
눈치를 보더니 고개를 느릿하게 끄덕였다

"내가 너무 성급했나 싶어서. 집에 돌아가서 계속 생각해봤어. 너는 정말 날 친구로만 보는 걸까. 역시 한은원이랑 헤어졌을 때를 노렸어야 했나. 거절의 이유가 남친이 있어서가 아니라 그냥 정말 날 보고 설렌 순간이 한 번도 없어서 그런가. 그럼 난 노력할 수 있는데. 이대로 포기하는 게 맞는 건가."
난 입을 다문 채 말을 계속 들었다.

"정말 난 널 좋아해."
"이유는?"

"그런 거 없어. ……네 장점을 고르자면 말할 수 있겠지만, 정확히 이것 때문에 좋아하게 되었다고 부를만한 건 없어. 왜냐면 난 한은원이 아니니까. 난 네가 성격이 바뀌어도 좋아. 이상한 옷을 입어도 무모한 일을 하고 다녀도 괜찮아. 내가 더 못생긴 옷을 입고 네 도전을 도와주려고 하면 되는 거니까. …이유를 듣고 싶다면 말해줄 수도 있어. 머리를 묶었을 때 튀어나오는 잔머리가 귀여워. 정리해주면 싫어할 것 같아서 말은 안 했지만. 그리고 우울할 때 억지로 괜찮은 표정을 보여주려고 애쓰는 네가 너무 멋져. 넌 나쁜 일이 닥쳤을 때 얼굴에 힘을 주잖아. 그리고 쉽게 이겨내려고 노력하지만 잘 못 일어날 때가 더 많은 것 같았어. 그래서 내가 옆에서 도와주고 싶었지. 이건 내가 어느 정도 성공했으려나. 그러니까 내가 하고 싶은 말은…. 내가 널 좋아하는 걸 포기하라는 말은 하지 마."

속마음을 이렇게 자세하게 듣게 될 줄 몰랐다. 말하다 보니 건조해졌던 목소리에 물기가 가득 찼다. 난 울지 말라는 뜻에서 등을 툭 건드렸다.

"울지마. 네 맘 잘 알았으니까."

건우는 고갤 돌려 날 보았다. 계속 고개를 푹 숙이고 있다가 처음으로 나와 시선을 맞췄다.

"하지만 너도 알다시피 난 남자친구가 있어. 그리고 헤어질 생각도 없고. …게다가 헤어지더라도 난 너랑 만나지 않을 거야."

눈이 흔들렸다.

"난 널 본 지 1년도 지나지 않았어. 은원이는 내가 7살부터 알고 있었고, 4년 동안 짝사랑 한 애야."

손에 힘이 들어갔다.

"난 그렇게 쉽게 사랑에 빠지지 않아."

"……그렇구나."

납득한 목소리가 아니었다.

"그럼 정말 마지막으로 부탁해도 돼?"

"뭘."

"방학이 시작하는 날의 일기를 접어줘."

나는 화내지 않았다. 또 그 소리 하냐며 말하고 싶었지만, 그럼 안 될 것 같았다. 건우가 시키는 대로 해야 이 관계를 친구로 남길 수 있을 것 같았다. 건우는 이런 내 생각을 알고 있는 눈치였지만 이번에는 물러서지 않았다.

"접는다?"

"응."

난 그렇게 종이를 접었다.

시영아, 넌….

자신의 의지를….

"야, 반시영."

눈을 감았다 떴을 뿐이다.

그런데 난 학교의 강당 안에 있었다.

"어떻게…"

머리는 느리게 회전했다. 예상은 갔다. 이게 바로 건우가 진지하게 말하던 시간을 돌리는 일이겠지. 하지만 상식적으로 받아들여지지 않았다. 그럼 조금 전에는 왜 안된 거지? 그리고 조금 전 들려온 소리는 뭐지? 끝이 제대로 들리지 않았는데 중요한 말인가?

"야, 안 들리냐?"

난 가방에서 급하게 다이어리를 꺼냈다. 7월 19일.

DATE [ 07.19 ] 

여름 방학식. 원래 워터파크에 가기로 했다. 아쿠아리움에 가거나 천문과학관에서 시간을 보내고, 여름에 개봉하는 영화를 보기로 약속했다. ~~이럴 줄 알았으면 엄지라도 찍고 약속할걸~~.

그 이후 페이지는 전부 지워져 있었다. 난 다가오는 건우를 보았다. 머리 길이가 좀 짧았다. 곧바로 건우에게 말을 걸었다.

"야, 너 오늘 시간 있지? 나랑 이야기 좀 해."
"머, 뭐?"
건우의 얼굴은 조금 붉어졌다. 하지만 지금 신경 쓰이는 건 그런 게 아니었다. 난 가방을 메고 빠른 걸음으로 다가갔다.

"놀이동산. 가자고. 입장권 끊어놨잖아."
"…내가 너한테 말했어?"
"어."
'내가 언제 말했지?'라고 외치는 듯한 낯으로 날 보다가 금세 활짝 웃었다. 단순하긴. 우리는 지하철을 통해 놀이동산으로 향했다.

"내가 말했었다고? 이상하네."
"말했다니까. 이상한 건 과거의 자신이겠지."
이런 대화를 걸으로 주고받으면서 난 머릿속으로 어떻게 과거로 돌아온 건지 생각했다. 이게 전부 꿈인가? 이렇게 많은 사람의 얼굴이 뚜렷하게 보이는데. 이런 꿈을 꿀 수나 있나? 무엇보다 내 옆에 앉은 건우를 구성하는 모든 것들이 꿈이 아니라는 걸 증명하고 있었다. 시원한 향수 향기와 길게 내려온 속눈썹. 긴장하지 않은 척하려고 일부러 올려둔

입꼬리. 이건 절대 꿈이 아니었다. 내 인생에 갑자기 판타지가 들어오다니. 이해가 가지 않았다. 왜?

"도착했다."

난 기념품점으로 몸을 돌렸다.

"머리띠 하게? 안 어울리는 거 아니냐?"

건우의 놀림에 난 반응하지 않았다. 생각이 날 삼켰다.

"…야. 상처받았어? 장난이었는데. 미…"

"아니 그냥. 어떤 게 나은지 고르느라 대답 못했어."

선글라스를 꺼내 건우에게 건넸다. 색이 짙은 걸 골랐다.

"너, 얼굴 가려야지."

멍청한 표정으로 날 보더니 안경을 써보곤 마음에 든다며 계산하러 갔다. 지금부터가 문제다. 어떻게 말을 꺼내야 할지 감이 안 잡혔다.

"사고 왔다!"

강아지가 꼬리 흔드는 것같이 신난 모습으로 내게 다가와 말했다.

"뭐 타고 싶은 거 있냐?"

"나 관람차."
"진심으로?"
"어, 진심으로."
그 이후로 3번 정도 더 물어봤나? 우리는 관람차를 타기 위한 줄을 섰다. 순서를 보니까 우리가 탈 건 초록색이었다.

"너 초록색 좋아하지 않냐?"
건우는 놀이기구 탑승 순서가 마음에 안 드는 듯했지만 크게 티 내지 않았다. 오히려 이런 질문을 하며 분위기를 풀려고 했다. 내가 너무 무표정으로 있었나 보다.

"어. 초록색 좋아하지. 너는 무슨 색 좋아하는데?"
"난 빨강. 따뜻해 보이잖아. 내가 추위를 좀 타거든."
"그래? 의외네."
우리 차례가 왔다. 안내해 주는 직원의 말에 따라 탑승했다. 짙게 칠해진 초록색 몸체는 예뻤다. 우리는 마주 본 채 앉았고 문은 닫혔다.

"그래서, 뭐야?"
내가 말을 꺼내기도 전에 먼저 질문이 날아왔다.

"하여간 눈치는 빨라서."
"생각해봐. 어떤 사람이 놀러 와서 관람차를 제일 먼저 타냐?

눈치 못 채는 게 이상하지.”

“…그래, 뭐. 눈치챘으면 이야기가 쉽겠네. …나 시간을 돌렸어.”

처음에는 이해 못했다는 듯한 맹한 표정을 지었다가 2초가 지나고 입이 떡 벌어졌다.

“야, 너, 그럼, 어? 오늘로 돌린 거야?”

“어. 미래의 네가 오늘로 돌려달라고 했거든.”

“그래? 그렇다면….”

뒷말은 없었다. 본인도 알고 있을 것이다. 왜 이 시점으로 돌아오게 만든 건지. 어째서 그래야만 했는지. 오늘 고백은 실패한다는 걸 간접적으로 들어서 그런지 표정이 안 좋았다.

“너랑 논다고 나 놀이기구 위치도 다 외워 왔는데.”

“……미안.”

그러고 보니까 얘 오늘 생일이었지. 조금 너무 급작스러웠나. 내가 너무 배려 없이 행동했나 싶을 때 훅 들어왔다.

“근데 왜 내가 돌리지 않고 네가 돌아왔을까.”

그 질문에 난 바로 대답할 수 없었다. 그러고 보니 왜 날 과거로 보냈지? 고백이라면 자기가 돌아가서 시기를 본 다음 다시 고백하는 게 제일 좋은 방법일 텐데.

“…그건 잘 모르겠는데?”

그러고 보니 왜 자신이 먼저 접을 생각하지 않고 날 돌려보낸 걸까. 처음 어제로 돌려보라고 한 것까진 일기장의 능력을 알게 해주기 위함이라고 판단할 수 있지만, 마지막 부탁은 왜….

"미래의 네가 왜 그랬을 것 같은지 생각해봐."
"글쎄. 난 잘 모르겠는데."
난 자리에서 살짝 일어나 건우 쪽으로 몸을 기울였다. 건우의 눈은 순간 흔들렸지만 따라 몸을 이쪽으로 내밀었다.

"빨리 알아내."
난 양쪽 어깨를 붙잡았다. 그러자 건우는 흠칫하고 놀라더니 느리게 내 손을 떼어냈다.

"그렇게 말해도 난 모르겠…."
뒷말이 뚝 끊어졌다.

"나 알 것 같아. 그런데 여기서 말하고 싶지 않아."
"뭐?"
"내 생일인 거 알지. 난 오늘 너랑 놀고 싶어."
"그건 그렇지만."
"재밌게 놀고 말해줄게."
난 조금 답답하다는 표정으로 걔를 쳐다보았다.

"그게 무슨…."
"별거 아니잖아. 옛날에 같이 놀았던 것 같이 즐겨줘. 분명 그땐 재밌었을 거 아니야."

급해 죽겠는데 태연히 말하는 건우가 얄미웠다. 하지만 분위기를 맞춰주지 않으면 영영 말해주지 않을 것 같아서 얌전히 고개를 끄덕일 수밖에 없었다. 그리고 우리는 다른 놀이기구를 타기 시작했다. 솔직히 나는 집중하지 못했다. 줄을 서 있을 때도, 놀이기구를 탈 때도. 예의에 맞는 일이 아니라는 걸 알지만 어쩔 수 없었다.

"저거 먹을래?"

츄러스를 가리키며 물었다. 난 고개를 저으며 낮은 목소리로 말했다.

"단 거 별로 안 좋아해."
"야, 거짓말하지 마."
"거짓말 아니야."

난 거짓말을 해도 티가 나지 않는 편이다. 오랫동안 알고 지낸 은원이 정도 되어야 간파할 수 있다. 그래서 내 식습관에 관해 대화를 나누지 않은 건우는 이에 대해 모른다.

"너 커피는 시럽 넣은 거 아니면 안 먹잖아."

나는 멀뚱히 건우를 보았다.

"그걸 어떻게 알고 있어?"
"보고 있었으니까."
동아리에서 커피를 마신 일은 3~4번밖에 없다. 그런데 그때마다 날 지켜보고 있었다는 뜻인가?

"아, 어. 음, 조금 소름 돋나? 미안, 그럴 생각은…."
"아니, 사과 안 해도 돼."
츄러스를 사기 위해 줄을 섰다. 그래. 머릿속으로 계속 생각해봤자 의미 없을 뿐이다. 시간을 돌린 사람은 나뿐이니까, 뭘 이야기해도 전부 나에게 국한된 이야기에 불과하다. 그리고 건우에게는 계속 기다려온 생일일 텐데. 이렇게 있으면 안 되겠지.

"다음 놀이기구는 뭐 탈래?"
나는 조금 무심하게 물었다.

"어? 나는 바이킹이 좋아."
밝은 대답을 듣고 있자니 피식 웃음이 나왔다. 어떻게 내가 시간을 돌렸다는 걸 알고도 이렇게 행동할 수 있지. 난 건우의 이런 점을 좋아했다.

"그래, 그럼 바이킹 타러 가자. 즐겨야지. 오늘은."
이번에는 가장 끝자리에 타지 못했다. 그래도 좋았다.

놀이동산이니까. 과거의 기억이 떠오르지 않는 공간이라 그런 걸지도 모른다. 우리는 그 후 3개의 놀이기구를 연달아 타고 아이스크림을 먹기 위해 이동했다.

"야, 근데 왜 놀이동산이야?"
"어?"

난 건우에게 물었고, 건우는 당황했는지 장난스레 움직이던 팔이 멈췄다.

"왜냐고? 아무래도 다들 좋은 경험을 한 번쯤 했을 장소잖아. 혹시 별로였냐?"
"아니, 좋았어. 좋아서 물어본 거야. 하지만 예상은 틀렸네. 난 빨리 혼자가 되었거든. …사촌들이 놀러 가면 집을 지키는 일을 했어. 그래서 딱히 즐거운 기억은 없다고 해야 하나. 초등학교 수학여행 때도 별로 재미없었고. 그런데 말이야. 오늘 생겼어. 고마워."

감동한 건가? 입을 슬쩍 가리며 말했다.

"…그렇구나. 고마워. 덕분에 나도 즐거웠어. 정말."

짧은 답이었다. 하지만 느낄 수 있었다. 묵직한 감각이 날 훑고 지나갔다. 친구가 될게. 이대로 마음을 거둔 채 네 행복을 바라볼게. 나에겐 꽤 도움이 되는 말이었다. 은원이가 불편해하는 일을 줄일 수 있으니까. 하지만 왠지 모르게 가슴이 저려 왔다. 견딜 필요가 없는 말이었다. 건우도 다 생각한 다음 뱉은 말이었을 테니까. 내가 받아내기 위해 살을 깎는 짓은 하지 않아도 됐다. 그런데 짓눌리는 감각이 들었다. 손끝이 징 하고 울렸다. 오늘로 돌아온 이유, 계속 집중하지 못한 내 태도. 그 무엇 하나 건우를 위한 것이 없었다. 입 안에서 단어들이 맴돌았다. 형태를 갖추고 나타난 문장은 없었다. 길게 남은 공백을 채우는 건 놀이동산의 밝은 음악뿐이었다.

"이제 탈 건 다 탄 것 같은데. 집으로 갈까?"

우는 모습을 봐서 그런 건지 몰라도 목이 울려도 별로 신경 쓰이지 않았다. 절대로.

"어."

우리는 지하철을 타고 이동했다. 이번에는 내가 건우의 뒤에 섰다. 도망갈 것 같다기보단 내 얼굴을 보여주기 싫었다. 나도 내 상태가 어떤지 모르겠는데, 바보 같은 표정을 대놓고 보이기 민망했다.

"그래서 이제 알려주면 되는 거 아니야?"
"네 집까지 간 다음에."
"데려다주게?"
"당연하지. 싫어?"

"싫진 않아. 그런데…."
"그럼 됐네. 어둡잖아. 그냥 조명이라고 생각하고 걸어. 얼굴에서 빛이 나기도 하고."
난 싱겁게 웃었다.

"뭐래."
우리는 그렇게 장난스럽게 이야기하며 집 앞까지 걸어왔다.

"일단 상황을 다시 설명해줄게. 집중해서 들어."
집 근처 놀이터 그네에 앉아 설명했다.

"네 고백은 실패했어."
"야, 나도 상처를 받는 사람이거든?"
"어쩔 수 없어. 이 이야기의 핵심은 네 고백의 성공 여부에 달려있으니까."
"…그래. 그럼 계속 말해봐."
"그런데 네가 방학이 지나고 한참 뒤에 다이어리를 보여달라고 했어. 그리고 보기로 한 당일의 하루 전날로 돌려달라는 게 가장 먼저 부탁한 일이고."
건우의 표정이 점점 굳어갔다.

"시간이 돌아가지 않자 네가 직접 돌려본다면서 내 다이어리를 뺏어갔지. 그런데 네가 접어도 돌아가지 않았어."

입을 벙긋거리다가 턱에 손을 괴었다. 어지간히도 충격적인가 보다.

"마지막으로 부탁한 게 오늘 날짜로 돌아가라고 한 거야. 어때. 어떻게 생각해?"
"내 의도는 알겠어. 그런데 왜 첫 번째랑 두 번째 시간 돌리기가 실패한 건지는 모르겠어."
"우선 의도라는 게 뭔데."
"분명 그때의 난 이렇게 말했을 거야. 널 이용해도 괜찮냐고."
순간 소름이 돋아 팔을 만지작거렸다.

"…그걸 어떻게 알았어?"
"뭐, 그건 나니까. 과거의 나든. 미래의 나든. 결국에는 나잖아. 생각이 변할 순 있지만 널 좋아하는 마음은 변하지 않을 것 같으니까. 널 이용하고 싶어질 땐 미리 말할 것 같았어."
씩 웃는 모양새가 마음에 안 들진 않았다.

"그리고 그건 고백을 다시 하기 위해 그런 게 아니야."
자신감 넘치는 목소리로 말했다.
난 그제야 안심하며 입을 뗐다.

"아니. 그건 틀렸어. 넌 나한테 고백을 다시 하고 싶어서 시간을 돌리려고 했다고 말했거든."

"…그사이에 내 연기력이 늘었나 보지? 너도 속이고."
"뭐?"
　건우는 그네에서 일어나 내 쪽으로 다가왔다. 내가 앉아있는 그네의 줄을 양손으로 잡더니 미소를 지었다. 달을 등지고 서 있었지만, 얼굴을 살피기엔 충분한 빛이 들어오고 있었다.

"야. 난 그런 찌질한 사람이 아니거든? 이용한다고 말하고 혼자 시간을 돌려 봤자 무슨 의미가 있겠어. 기만하는 거랑 똑같잖아. 진심으로 널 좋아해. 비겁하지 않게 상대하고 싶다고."
　놀랐다. 난 생각도 못 한 사고방식이었다. 이용한다는 게 그런 게 아니었다고? 그럼 왜 그때 왜 고개를 끄덕인 거지?

"난 아직도 이해가 안 가. 넌 어떻게 날 그렇게 좋아할 수 있어? 만난 지 1년도 지나지 않았잖아. 그게 말이 돼? 그게 말이… 되는 거냐고"
"말이 돼. 네 말대로 좋은 부분이 축적되어서 사랑이 되는 때도 있겠지. 그 이유가 전부 사라지면 꺼져버릴 사랑 말이야. 하지만 난 그렇지 않아. 난 처음부터 아무 조건 없이 널 좋아하기 시작했어. 사랑 뒤에 따라붙는 게 작은 요소라는 뜻이야. 이해가 가? 아님, 이것도 개연성 없는 사랑이라서 안 돼?"
　은원이랑 싸웠을 때 인터넷에 검색한 내용이 떠올랐다. '이유 있는 사랑의 결말' 난 그걸 보면서 어떤 생각을 했었지?

그게 진정한 사랑이 아니라고 했었나? 은원이도 날 좋아하는 이유가 있던데 걔는 어떤 마음일까.

"…아니. 이번에도 네가 옳은 것 같아. 네 말이 맞아. 이유 없는 사랑은 존재해."

난 그네에서 내려 건우를 올려다보았다. 우리는 눈을 마주 보고 있었다.

"네가 존재하니까."

눈이 파르르 떨렸다.

"하지만 안돼. 난 여전히…."

"뭐, 됐어. 답은 알고 있으니까."

건우는 머쓱한지 뒷머리를 만지작거리더니 큼큼 목을 풀었다.

"어쨌든 내 의도는 고백을 다시 하기 위해서가 아니야."

"그럼 뭔데?"

"그건 첫 번째와 두 번째 시도가 왜 실패했는지 알게 되면 말해줄게."

난 한숨 대신 같이 추리하는 쪽에 붙었다. 건우라면 분명 말해줄 테니까. 건우는 턱에 손을 올리더니 눈을 찌푸리며 물었다.

"뭐 힌트 같은 거 없어? 내가 그때 궁금해하던 내용 같은 거."

"…잘 모르겠는데."
"잘 생각해봐. 다시 돌아가지 못할지도 모르잖아."
"뭐?"

이럴 수가. 돌아간다는 선택지는 생각도 못 했다. 과거로 돌릴 수 있다는 힘에 관해서 이야기했더니 중요한 부분을 놓쳤다. 어떻게 하면 미래로 돌아갈 수 있지. 여백의 페이지를 접었다가 돌아간 미래가 내가 경험했던 미래랑 달라지면 큰일 나는데. 그렇다고 지금 이 이야기를 안 할 수도 없고. 어떻게 해야 하지. 심장이 쿵쾅거렸다. 더욱더 큰일인 건 이런 상황에 가장 먼저 보이는 게 갈색빛을 띠는 건우의 눈동자라는 사실이었다.

"일단, 그래. 잘 생각해볼게. 일단 오늘은 들어가자. 늦었잖아. 이러다 막차 끊기면 어떡해."

팔로 조금 밀어내며 말했다.

"걱정해주는 거냐?"
"어."

놀이터를 빠져나오며 우리는 시시덕거렸다.

"그럼 잘 가."
"너도 잘 들어가라."

집으로 들어가 생각을 정리했다.

건우의 목적은 고백을 위한 게 아니라는 시점에서 다시 출발해야 한다. 처음 해보라고 한 게 하루 전으로 돌려보라고 한 거니까.

"다이어리의 힘을 알려주기 위해서…."

중얼거리며 메모장에 건우의 이름을 적었다. 그다음은 내 이름. 작대기로 두 사람을 선으로 이었다. 건우는 끊임없이 날 좋아했다. 그리고 난 건우를 친구로밖에 생각하지 않았었다. 그것과 연관이 있나?

"건우가 뭐라고 했더라."

우는 모습만 계속 떠올라서 집중되지 않았다.

"미치겠네."

일단 고민은 미뤄두고 오늘의 일기를 적기로 했다. 아무것도 적지 않고 내버려 뒀다가 돌이킬 수 없는 일이 되면 곤란했다.

난 건우가

글을 적어야 한다는 생각이 침식하고 있었지만, 이 이상 적기 힘들었다. 지금 무슨 글을 적으려 한 거지. 난 건우가. 뭐?

"내가? 건우를?"

뇌가 느리게 돌아가는 게 느껴졌다. 아이큐가 떨어지는 기분이었다.

"좋아한다고. 진심으로."

이상했다. 남은 글자가 쓰게 느껴졌다. 이건 건우 말대로 개연성이 없었다. 은원이가 싫어진 게 아니었다. 그럼 이건 허용될 수 없다. 한 번에 두 사람을 동시에 사랑하는 건 말도 안 됐다. 착각이다. 배가 고프지 않은데 습관적으로 고프다고 말하는 것처럼, 단지 생각 없이 무의식적으로 나온 말이다. 난 곧바로 뒤를 이어 적었다.

난 건우가 친구 이상으로 느껴지지 않는다.

곧바로 다이어리를 덮고 침대에 누웠다. 불을 끈 뒤 울리는 휴대전화의 알람은 애써 무시했다. 누가 보낸 건지 알고 있으니까. 일어나자마자 문자에 답장했다.

하건우

내일 몇 시에 만나?

야, 자냐?

일어나면 답해라

지금 일어남 죄송죄송

학교 근처 카페, 12시에 만나는 거 어떰?

하건우

그래

내가 문자를 보낸 지 20초 안에 답이 돌아왔다. 지금은 10시였다. 일단 옷부터 골라야겠다.

"그래서. 생각나는 거 있어?"

건우의 질문에 난 고개를 저었다.

"정말? 내가 했던 말이 하나도 기억 안 난다고?"

"진짜 기억 안 나. 그때 난 네 말이 거짓말이라고 믿고 있었으니까."

건우는 인상을 찌푸렸다.

"그럼 이 방법밖에 없을 것 같은데."

내 다이어리를 가리켰다.

"한 번 더 시간을 돌려보는 거야."

"뭐?"

"생각해봐. 이대로 있으면 해결되는 건 아무것도 없어. 정답을 알기 위해선 실수가 필요해. 어쩌면 정답일지도 모르는 실수 말이야."

시야가 일순 흐릿해졌다.

"걱정하지 마. 책임질게."

탁한 공기가 날 덮쳤다. 다이어리를 사용하는 방법 따위가 두려운 게 아니었다. 왼쪽 눈이 접히는 건우의 웃음이 무서웠다.

"나 말이야. 너. 널."

"그럼 누가 언제로 돌릴까."

여리게 퍼진 목소리는 건우의 말에 섞여 가라앉았다.

"뭐라고?"

"아, 아니. 그냥 누가 돌릴지 궁금해서."

"그래, 그게 제일 문제야. 미래로 가는 건 너무 불안하니까 과거로 갈 수밖에 없는데…. 어떻게 해야 하지. 좋은 생각 없냐?"

고개를 저은 뒤 혼자 생각에 빠졌다. 지금 시점이라면 은원이와 헤어진 상태구나…. 그렇다면 괜찮은 걸까. 눈앞에 있는 애를 좋아해도.

"너 딴생각하지."

"어?"

"별로 심각하지 않은 것 같지만 굉장히 위험한 일인 거 알아? 만일이지만 다른 사람한테 발견되면 연구 대상으로 쓰이지 않겠어? 넌 인간의 강한 소망 중 하나인, 시간을 역행하는 힘을 가진 거야. 나도 사실 고백하자면…."

잠시 내 눈치를 보는 건지 눈을 밑으로 깔았다.

"다이어리를 읽으려면 귀퉁이를 접으라고 했던 그 날,
그 자리에 서서 5번 넘게 그 페이지를 접어봤어. 이게 정말인가 싶어서. 그런데 전부 시간이 돌아갔고, 넌 그 사실을 몰랐지. 이게 무슨 말인지 알아? 다른 사람이 널 이용해도 넌 아무것도 모르고 계속 살아야 한다는 뜻이야."

탁자 위로 올라간 내 손을 붙잡았다. 추위를 타서 그런 건지 건우의 손은 차가웠다.

"그리고 난 그런 모습을 보고 싶지 않아. 너만 괜찮다면 이런 일이 더 이상 생기지 않게 하고 싶어."

난 손을 뿌리치지 않았다.

"그러니까 집중해줘. 네가 도구로 쓰이지 않았으면 해서 고민하는 거잖아."

"알겠어. 좀 더 몰입해서 생각해볼게."

"전에 그랬었지? 종이를 접으면 허락을 구하고 보는 거라고. 이 규칙은 누가 만든 거야? 인터넷에 유행했었어?"

잡았던 손을 떼며 물었다. 약간 아쉬웠다.

"아니, 내가…. 정확히는 엄마가 만든 규칙이야."

"어머니?"

"그러고 보니까…. 나 생각났어. 네가 어떤 말을 했는지."

건우의 눈은 커졌다.

"이 규칙, 그러니까 다이어리에 써둔 일기를 읽으려면 귀퉁이를 접으라는 말은 우리 엄마의 일기장을 따라 한 거야. 이걸 말해주니까 네가 내 힘이 아닐지도 모른다는 식으로 이야기했던 것 같아."

대화는 뚝 끊어졌다. 이걸로는 역시 이렇다고 할 정답이 나오지 않았다.

"그리고 뭐 다른 정보는 없어? 더 생각나는 거 정말 없어?"

"음…. 아! 나보고 어떤 생각을 하고 있는지 계속 물었던 것 같아."

"생각 말이지."

잠깐의 정적이 생겼다.

"첫 번째랑 두 번째 시도 때는 어떤 생각을 하고 있었어?"

"난 장난이라고 생각하면서 접었고, 넌 아마 진심으로 돌려보려는 마음을 갖고 시도했을 거야."

"믿음의 차이는 아닌 건가? 하긴 애초에 내가 제일 처음 접었을 때 시간이 돌아갈 거라고 예상하진 못했으니까."

"되돌아가는 시간과 일기장…. 역시 접어봐야 하나."

이야기는 결국 시작으로 귀결되었다.

"그럼 내가 어제로 돌아가는 게 제일 낫지 않겠어? 다시 돌아갈 수 없을지도 모르는데 너무 과거로 갈 순 없잖아."

난 한숨을 내쉬며 이야기했다. 그러자 건우는 고개를 끄덕거리며 답했다.

"맞는 말이야. 내가 돌아가면 아무 의미 없지. 그리고 아까 전부터 신경 쓰였는데."

건우는 목소리를 갑자기 줄였다. 남들에게 들릴까 봐 낮췄던 음성이 더 희미해져서 잘 알아듣기 어려웠다. 난 건우 쪽으로 몸을 숙였다.

"만약에 내가 시간을 돌렸다면 지금, 그러니까 이 순간은 없었을 거야."
"…그게 무슨 소리야?"
"생각해봐. 내가 시간을 돌렸다면 어제 놀이동산에서 네가 먼저 말을 꺼내는 게 아니라 내가 미리 이야기했겠지. 네가 어떻게 과거로 돌아오는 건지 알기 위해 내가 한 번 더 시간을 돌려서 다시 왔다는 식으로. 하지만 그 말을 넌 듣지 못했잖아. 이해가?"

머리가 복잡해졌다. 시간을 돌린 사람만 돌렸다는 걸 인지할 수 있으니까 그런 건가.

"이해가 가면서도 안 가. 이 순간에 누가 시간을 돌릴지 회의하고 있는 것 자체가 네가 시간을 돌리지 않았다는 것의 증명이라는 거…. 맞지?"
"그래. 그런 뜻이지. 난 네 앞에서 거짓말하지 않을 거니까. 뭐…. 시간을 돌려놓고 아무 말도 안 하는 다른 사람의 경우면 네가 모를 테니까 중요한 건 아니지만."

난 아무 대답 없이 고개를 끄덕였다.

"그럼 이제 접어볼까."

다이어리를 펼쳐 어제의 일기 부분을 보았다. 그리고 난 망설임 없이 귀퉁이를 접었다. 눈을 감았다 뜨니 그 앞에 펼쳐진 건….

"역시 실패인 건가."

줄어들지 않은 커피잔을 바라보았다. 깔끔한 향수 향은 내가 여기에 존재한다는 걸 인지시켰다. 하지만 난 드디어 깨달았다. 왜 시간이 돌아가지 않는 건지. 이걸 이제야 눈치채다니. 나도 참 멍청하다.

"머릿속에서 들리던 소리."

"어? 그게 무슨…."

"종이를 접어서 시간을 돌렸을 때 여자 목소리가 들렸었어."

우리는 숨을 들이켜지도 내쉬지도 못하고 서로를 가만히 바라보기만 했다.

"아마도 이건 내가 시간을 돌리고 싶다고 생각했을 때 돌아가는 거야. 내가 과거로 돌아가고 싶다고 생각할 때 종이를 접으면 시간을 역행하는 거지."

"그렇다면."

건우는 얼굴을 구기며 고민하기 시작했다. 나 또한 기억을 되새겨 보았다.

"종이를 접은 날을 정리해봐야 해."

난 그 말과 함께 일반 공책과 필통을 꺼냈다.

"다른 책으로도 되는 건가 싶어서 챙겨왔어. 이렇게 될 줄은 몰랐지만."

05.27 – 5번 : 건우

08.13 – 3번 : 시영, 건우, 시영

07.20 – 1번 : 시영

"총 두 번 시간이 돌아갔어. 그리고 내 의지라면 이야기가 들어맞아."

"왜?"

"5월 27일에는 은원이랑 화해한 지 하루밖에 안 된 날이라 처음부터 다시 시작하면 더 잘할 수 있을 것 같았어. 그리고 8월 13일에는…."

"뜸 들이지 말고 말해. 무슨 말을 해도 이해해줄 테니까."

"너랑 관계가 틀어질 것 같아서 돌이키고 싶었어. 한 번 더 대화를 나눴다면 이렇게 되진 않았을 것 같다고 생각했거든."

"관계가 틀어지다니 그게 무슨 소리야?"

"사실…. 네가 내 앞에서 울었거든. 그걸 보니까 나도 모르게 마음이 안 좋아져서….”

“울었다고? 내가?”

당황스러운지 테이블을 양손으로 잡고 일어섰다.

“응. 꽤 많이 울었어.”

“…야. 거짓말하지 마. 내가 아무리 그래도 네 앞에서 울겠냐?”

상기된 얼굴로 빤히 쳐다보더니 고갤 돌리며 다시 천천히 앉았다. 의자에 등이 닿자마자 두 손에 얼굴을 묻고 들리지 않게 웅얼거렸다. 부끄러워서 그런가? 난 신경 쓰지 않고 입을 뗐다.

“그리고 이제부터 시간은 돌아가지 않을 거야.”

건우는 손가락 사이로 날 흘끔 보았다.

“왜?”

“난 이제 후회하지 않을 일만 할 거거든.”

“야, 그게 가능하면 좋겠지만, 쉬운 일이 아니라는….”

“나, 네가 신경 쓰여.”

건우의 걱정을 자르고 들어온 말은 그대로 하나하나로 조각난 채 건우에게 흡수되었다.

“뭐?”

“좋아한다고.”

누가 봐도 부실한 고백이었다. 분위기 있는 장소도 아니고 특별한 대사도 아니었다. 심지어 그럴만한 상황도 아니었다. 얼굴에서 떨어진 건우의 손은 어중간하게 공중에 멈춰있었다.

"중요했어. 다른 사람들은 날 이용해도 넌 그러지 않겠다는 말이."

어떤 대답도 하지 않았다. 옆자리에 앉은 중학생 2명이 좋아한다고 말한 시점부터 엿듣고 있었다. 난 소리를 조금 죽였다.

"그리고 네가 왜 이때로 돌아가라고 한 건지 알겠어."

벌어진 입은 벙긋거리기만 할 뿐이었다.

"은원이는 이 사실을 알고 있었겠지."

커피 안에 있는 얼음이 녹아 유리에 부딪혀 소리가 났다. 초록색 빨대가 빙글 돌았고 건우의 초점은 내 등 뒤를 향했다. 전신이 붉었다.

"뭐?"

등 뒤에서 소리가 들려왔다. 익숙한 목소리였다.

은원이었다.

한 번도 보지 못한 낯빛이었다. 외롭게 뱉어진 한마디의 음성과 어울려진 얼굴은 날 밀어버렸다. 두 어깨가 뒤로 빠지는 감각에 주춤했다. 내가 그토록 궁금해했던 표정이 눈앞에 있었다. 난 한마디도 꺼내지 못했다. 그 흔한 뭐라고 했냐는 질문도 나오지 않았다. 견디기 어려웠다. 건우는 은원이 쪽으로 걸어갔다.

"앉아서 이야기해. 그렇게 누구 한 대 때릴 것처럼 서 있지 말고."
"시영아. 지금 뭐라고 한 거야?"
은원이는 건우의 말을 무시한 채 내게 다가왔다.

"지금 고백이라도 한 거야? 하건우한테?"
어떤 말을 해야 할까.

"어. 나 지금 고백받은 상황이야."
건우는 계속 말을 자르고 들어왔다.

"나랑 헤어질 생각이야? 그럴 거냐고."
"무슨 소리야. 너 헤어진 지 꽤 된 거 아니냐?"

은원이는 건우의 목소리가 들리지 않는 것처럼 굴었다. 그리고 내 눈을 곧게 바라보았다. 난 빠르게 다른 쪽으로 시선을 던졌다. 2초 이상 마주할 수 없었다. 분명 마음을 굳혔다. 하지만 이렇게 마주하는 건 역시 아직까진 힘들다.

"은원아, 미안."
"시영아, 진심이야? 이런 애가 왜 좋아?"

그러게. 왜일까. 왜 건우가 좋을까. 처음 봤을 때는 당황스러웠고, 계속 봐도 밉기만 했는데 어느 순간부터 마음을 내주게 된 걸까. 어떤 점이 마음에 든 걸까? 아니, 내가 어느새 이렇게 짧은 시간에 사랑에 빠질 수 있는 사람이 된 거지? 혼란스러웠다. 답답했다. 엇그제부터 입 안이 텁텁했다. 잘 만들어진 달콤한 사탕을 입 안에서 굴려야 사라질 것 같은 먹먹함에 난 미칠 것 같았다. 이 질문에 어떤 답을 해야 하지. 난 물기 없이 목을 긁으며 답했다.

"…날 이용하지 않았거든. 너랑 다르게."

내 대답에 은원이는 고개를 숙였다. 방금까지만 해도 화난 게 느껴졌는데, 다시 머리를 들자 모든 시간을 삼킨 것 같은 채도 없는 얼굴이 되었다.

"다 알았나 보네."

실소했다.

"처음엔 네가 고백했어. 아주 처음 말이야."

"무슨…."

"그래, 넌 알 수 없겠지. 기억할 수 없으니까."

"그렇다면…."

"나는 몇 년 동안 너만 바라봤어. 난 정말 널 아꼈으니까."

"아니, 잠시만."

"근데 넌 한 번도 일 년을 못 넘기더라."

대화는 빠른 박자로 진행되었다. 멈추는 게 이상한 황야 속의 흐름에 난 적응할 수 없었다. 하지만 한가지 정도는 정확하게 알고 있었다. '내가 무언가 잘못했구나.' 또 실수하고 있었다. 난 한 번도 제대로 된 스텝을 밟지 못했다. 모래가 신발에 들어가 껄끄러운 느낌이 드는 것처럼. 무엇 하나 올바르게 하는 일이 없었다.

"하건우 뿐만이 아니야. 박준호, 김수호, 이은정. 넌 진짜 쉽게 사랑하고 쉽게 헤어지더라."

"거짓말하지 마. 난 널 얼마나 오랫동안 좋아했는데."

"알아. 4년 전부터 나 좋아했잖아."

난 입술을 짓씹었다.

"그래서 내가 말하는 거야. 넌 을이어야지. 왜 자꾸 갑이 되려고 그래? 나랑 헤어지고 나면 다른 사람을 만나려고 하는 게 아니라 나한테 매달렸어야지."

"야, 적당히 해. 너 지금 헛소리하고 있거든? 시영아, 듣지 마."

귀를 막고 싶었다. 그걸 알고 있었으면서 그렇게 행동했구나. 역시 은원이는 날 도구로….

"착각하지 마. 난 널 좋아해서 시간을 돌린 거지 다른 데에 이용한 적 없어."

내 표정에서 마음을 읽어낸 건지 소리치듯 말했다. 결국 입술에 피가 났다.

"그랬겠지. 그래서 시험도 그렇게 본 거고. 역행해서 점수를 잘 받게 된 걸 시영이가 알게 되었다면 시영이는 널 싫어했을 테니까."

건우는 중간에 서서 날 뒤로 가게 했다. 사람들은 우리를 힐끔힐끔 보기 시작했다. 어지러웠다. 현란한 악기 연주를 들을 때의 심장 울림이 지금 내 가슴에서 일어나고 있었다. 겨우 리듬을 따라가는 게 전부였다. 빼곡한 악보 속에서 난 헤엄치지도 못하고 눈을 꾹 감았다.

"이제 이해하겠어? 내 마음을? 난 너만 바라봤어. 그것도 몇 년 동안."

은원이의 까만 눈은 날 꿰뚫어 보고 있었다. 더 이상 도망갈 수 없다. 답해야 했다.

"나 이제 옛날로 돌아가고 싶지 않아."

천천히. 느린 속도로 이야기했다. 흔들렸지만 내 마음이 전달되도록. 최대한 차분하게 답했다.

"…그게 무슨 소리야? 과거를 잊는다는 거야?"
"잊는 게 아니야. 후회하지 않겠다는 뜻이지."
"안돼."

그 말과 함께 은원이는 책상 쪽으로 손을 뻗었다.

"넌 그럴 수 없어. 돌아가고 싶다는 마음을 가져야지. 부모님이 생각 안 나?"
"한은원, 너 지금 할 말 못 할 말 구분 못하고 있거든?"

건우는 팔을 붙잡으며 말렸지만, 은원이는 듣는 척도 하지 않았다.

"너 나랑 헤어지면 어떡할거야. 1월 1일마다 내 생각이 날걸? 그걸 견딜 수 있겠어? 새해를 나랑 맞이하던 그 감각을 지울 수 있겠냐고."

맞는 말이었다. 난 새해가 올 때마다 은원이를 떠올리겠지. 몇 년이 지나도, 몇십 년이 지나도.

"난 못 잊어. 난 정말 자신이 없어. 네가 날 버리면 난 어떡하라고."

손을 뿌리치며 탁자 위에 놓인 다이어리를 들었다. 그리곤 열게 미소지었다.

"이제는 이런 생각이 들어 내가 문제가 아니라 네가 문제라고."

반사적으로 눈물이 차올랐다. 그걸 본 은원이는 기가 찬다는 듯 숨을 뱉으며 웃었다.

"난, 난, 하. 아니야. 이렇게 해도 내가 다시 돌려야 하니까. 못 들은 거로 해."

"야!"

건우는 빠르게 빼앗으려 했으나 은원이가 빨랐다. 가장 첫 페이지, 그러니까 1월 1일의 일기를 펼쳤다.

"시영아, 이번에도 잘 부탁해. 난 네 비밀을 알고 있는 유일한 사람이 될 거야."

몇 번이나 이 상황을 반복한 걸까. 흔들림 없는 표정으로 다이어리를 쓸었다.

"그리고 계속 말했지만, 한 번 더 이야기해줄게."

은원이는 확신했다 나도 모르게 가진 흔들림이 티가 났나 보다. 난 이제 뒤를 돌아보지 않기로 마음을 먹었는데. 그런데. 여전히 무의식적으로 이 상황에서 도망가고 싶었다.

"이건 네 비밀이 아니라 내 비밀이야."

그 말과 함께 페이지는 접혔다.

# 닫는 글

사람은 언제나 실수합니다. 그래서 실수를 줄이기 위해 노력하고, 때로는 지금까지 해왔던 것을 모조리 없애고 다시 시작하기도 합니다. 그러다 돌아가는 과정이 너무 고되고 어려워 보이면 이런 상상을 하고 맙니다. '시간을 돌릴 수 있다면, 그런 짓은 하지 않았을 텐데.' 후회에서 나아가 비현실적인 망상에 빠지게 되는 거죠. 저는 이걸 도그-이어 증후군이라고 칭하고 싶습니다. 돌아가고 싶은 곳을 접어두고 언제든 그곳으로 도망칠 수 있게 하는 것. 그 상황에 상상으로 다시 돌아가 기쁨을 느끼거나 실패를 성공으로 바꾸는 등의 행동을 하는 일. 모두 도그-이어 증후군이라고 볼 수 있겠죠.

물론 이 증후군이 마냥 나쁘다고 생각하진 않습니다. 예전에 있었던 일들을 회상하며 생각을 바로잡고, 추진력을 더할 수 있다면 그만큼 좋은 일이 없을 테니까요. 하지만 과거에 사로잡혀 현재를 제대로 직시하는 힘을 잃어선 안 됩니다. 우리는 은원이가 아니니까요. 평탄한 길이 아니더라도, 앞으로 나아가지 못할 것 같아도, 여러분은 시간을 돌릴 수 없습니다. 그러나 확실한 사실이 있습니다. 은원이보단 행복하겠죠. 몇 년 동안 같은 일을 반복하며 허상에 가까운 완벽을 추구하는 삶보다, 실패를 통해 상처 입는 삶이 더 소중합니다. 실제 나이는 스물다섯 살이 넘어가는 은원이보다, 이 세상에서 살아가는 스물다섯 살의 삶이 더 생동감 있고 재미있습니다. 그건 실수를 털어내는 과정의 차이가 있기 때문이죠. 다들 실수를 두려워하지 않길 바랍니다. 모두가 겪었고, 겪게 될 일을 해내는 것뿐이니까요.

이 책을 읽고 제 말까지 전부 따라와 주신 분들께 감사 인사를 드리며 마무리하겠습니다. 전 시영이가 되어준 여러분 덕분에 행복할 수 있었습니다. 감사합니다.

도그이어 (Dog Ear)

---

**초판 1쇄 인쇄** 2024년 1월 25일

**글** 가원 (gawon_hansum@naver.com)
**편집·일러스트** 한지윤 (wldbs7636@gmail.com)
**ISBN** 979-11-986295-9-3 (43810)

**펴낸곳** 한 숨
**출판 등록** 2023년 11월 20일 제2023-000015호



정가는 뒤 표지에 있습니다.